藏版

悲摧天子 刘贺

从极端任性到心智成熟

身世之谜　称帝之谜　不杀之谜　封侯之谜

黎隆武◎著

武荣涛◎演播

北方文艺出版社

图书在版编目（CIP）数据

悲摧天子刘贺 / 黎隆武著 ; 武荣涛演播 . -- 哈尔滨 : 北方文艺出版社 , 2019.6
ISBN 978-7-5317-4492-4

Ⅰ . ①悲… Ⅱ . ①黎… ②武… Ⅲ . ①评话 – 中国 – 当代 Ⅳ . ① I239.8

中国版本图书馆 CIP 数据核字 (2019) 第 031630 号

悲摧天子刘贺
Beicui Tianzi Liu He

作　者 / 黎隆武
演　播 / 武荣涛

图书策划 / 安　璐
责任编辑 / 安　璐　滕　蕾
装帧设计 / 安　璐
营销执行 / 华文阅享

出版发行 / 北方文艺出版社
邮　编 / 150080
发行电话 / (0451) 85951921 85951915
经　销 / 新华书店
地　址 / 哈尔滨市南岗区林兴街 3 号
网　址 / www.bfwy.com

印　刷 / 三河市双峰印刷装订有限公司
开　本 / 880mm × 1230mm　1/ 32
字　数 / 107 千
印　张 / 6
版　次 / 2019 年 6 月第 1 版
印　次 / 2019 年 6 月第 1 次印刷

书　号 / ISBN 978-7-5317-4492-4
定　价 / 28.00 元 (平装)

自　序

关于《海昏侯三部曲》的那些事

看惯春去秋来，任凭花谢花开，这世界有太多无奈。
谁能问鼎天下？我欲威震四海，这境界有几人能明白！
多少英雄汉，身前豪气在。千古帝王侯，身后黄土埋。
得意休任性，有梦要澎湃，好叫天地留精彩！

——田信国《好叫天地留精彩》

上面的这首词，是江西南昌一位名叫田信国的先生所作，写的是两千多年前的一个千古帝王侯。那是田先生在 2016年 3月 6日那天晚上，一口气看完了我的“海昏侯三部曲”的第一部《千古悲摧帝王侯——海昏侯刘贺的前世今生》一书后，情不能已，当晚创作出来的。

这个海昏侯是怎么回事呢？以至于有作家要为他写书，有歌者愿为他写词！

说起这个海昏侯啊，他是西汉时期的一个官爵名。海昏侯是多大的官呢？毛主席不是说过“粪土当年万户侯”吗？可见万户侯是个很大的官。海昏侯虽然够不上万户侯的规格，却也相差不是太大。据史料记载，西汉时期，海昏侯封国的范围在当年的豫章郡海昏县、也有是今天的江西省南昌市一带。当年的豫章郡下面设了 18个县，海昏县就是这 18个县之一，范围相当于今天江西省的五六个县那么大。根据地方志记载，海昏县包括了我的老家江西省武宁县，还有永修县、靖安县、奉新县、安义县、新建区等 6个县区的大部分地方。根据史料记载，海昏侯国最初的食邑人口有四千户之多。所谓食邑，也就是指封地的人口了，四千多户虽然比不上万户侯那么气派，却也是当年长江以南最大的侯了。如果对比今天的行政区域设置，我们还会发现这个海昏侯国相当于是今天一个中等市区的规模。如果把海昏侯放到今天来对比，那么这个侯爷就相当于今天一个中等规模的城市市长了。由此可见，海昏侯的官爵并不小啊。海昏侯国的都城在今天的南昌市新建区一带，这个地方已经发掘出了第一代海昏侯的家族墓园和海昏侯国都城紫金城的遗址，成为中国考古史上的重大发现，引起了全世界的关注。

我所写的海昏侯这个人他是谁呢？他姓刘，单名一个贺字。说起这个海昏侯刘贺，可了不得！他竟然是中国上下几千年历史上唯一的一个集帝、王、侯于一身的传奇人物！因为 2015年南昌汉代海昏侯墓的考古大发现，竟然将这个一生跌宕起伏的千古帝王给发掘出来了。海昏侯墓入选了 2015年度“中国十大考古新发现”，海昏侯刘贺随后成了一个大“网红”，吸足了世人的眼球！

说起这个海昏侯刘贺，他的身世十分的奇特。刘贺是被誉为“千古一帝”的汉武大帝刘彻嫡亲的孙子，为武帝第五子昌邑哀王刘髆所生，而且是独生子。刘贺 5岁那年，因为父亲早逝，按照规制，他承袭了父亲的昌邑王位，成为了第二代昌邑王。5岁就称王，小小年纪就是王二代啊，那滋润的日子不用细说我们也能想象得到！刘贺 19岁那年，因为当朝皇帝刘弗陵驾崩无子，刘贺作为死去的皇帝刘弗陵的侄子，被当朝辅政的大司马大将军霍光以上官皇后的名义征召入朝典丧，之后接班当了皇帝。但是，谁都没有想到，刘贺当皇帝只当了 27天，那个当初拥立他为帝的霍光又将他废黜为民，刘贺因此也成为了西汉一朝在位时间最短的皇帝。屁股都还没坐热呢，就被人赶下了台，可谓是悲摧得很哪！但是，刘贺虽然被废黜，却留得一条命在，被遣送回昌邑老家，幽禁在昌邑王府过着忍辱偷生的生活。经过了十年的煎熬，他被后来的皇帝汉宣帝刘询封为了海昏侯，被迫离开生活了 30年的老家山东，迁徙到当年还属偏僻之地的豫章海昏就国。刘贺任海昏侯仅4年，就在海昏侯的任上离开了人世，年仅34岁，英年早逝，令人唏嘘。

关于刘贺的从政、做事、为人，历史上多有争议，民间更是众说纷纭。有说刘贺当皇帝是因为昏庸无道而被废黜的，也有说刘贺是当年朝廷宫斗的牺牲品的，也有说刘贺历经了王、帝、民、侯的跌宕人生，逐渐从帝王时期的极端任性走向心智趋于成熟的。总而言之，关于刘贺有各种各样的说法，仁者见仁，智者见智，吵吵嚷嚷，不一而足。我于 2016年 3月出版了《千古悲摧帝王侯——海昏侯刘贺的前世今生》一书，依据史料的记载和对出土文物的研究，真实地还原了海昏侯刘贺的传奇人生，及时回应了世人的关切。这本书被业界称为“海昏侯原创第一书”，后来进入了中国畅销书排行榜。

田信国先生的这首《好叫天地留精彩》是因为我的《千古悲摧帝王侯——海昏侯刘贺的前世今生》这本书而起，也是因为海昏侯刘贺这个人而作。随后两年，我又将与刘贺关联最紧密的两个人霍光与刘询也写成了书，分别是《隐形天子——霍光的前世今生》《布衣天子——刘询的前世今生》，形成了“海昏侯三部曲”系列。随着“海昏侯三部曲”的陆续问世，我更感到，田信国先生的这首词，又不光是为海昏侯刘贺而作，更是为那个年代众多的历史人物而作。比如，我称之为“隐形天子”的大将军霍光、“布衣天子”的汉宣帝刘询，还有刘贺的祖辈和叔伯辈的那些人：汉武帝、李夫人、陈阿娇、钩弋夫人、戾太子刘据、燕王刘旦、广陵王刘胥、昌邑王刘髆等，以及西汉众多的名臣，如卫青、霍去病、李陵、李广、司马迁、苏武、张安世、邴吉、杨敞、张敞、上官皇太后等。写完“海昏侯三部曲”再回过头来吟唱这首《好叫天地留精彩》，更加感慨历史的沧桑与无奈。我在沧桑与无奈中感受历史就是历史，有无奈就有精彩。

“海昏侯三部曲”写的是西汉中期从汉武盛世到昭宣中兴这段近百年灿烂历史中的三个紧密关联的人物：汉废帝刘贺、汉宣帝刘询，以及决定了他们称帝命运的当朝大司马大将军霍光。刘贺因为只当了27天皇帝就被废黜为民，我把他称为“悲摧天子”；刘询因为在襁褓中就被囚于狱中，4岁出狱后一直在民间长大，直到17岁接过刘贺的班称帝，最后成就了史称“孝宣中兴”的一段伟业，我把他称为“布衣天子”；而霍光因为能够决定皇帝的立与废，在长达19年的辅政期间，上管天子，下管群臣，是大汉朝的实际当家人，我把他称为“隐形天子”。刘贺、霍光、刘询，这三个人串联起了两千多年前的一个大时代。

我之所以创作“海昏侯三部曲”，完全是因为一次偶然。记得那是在2015年国庆节前后，我因为一个很偶然的机缘得以进入到正在发掘的海昏侯墓考古现场，瞬间就被出土的巨量文物所震撼，那十几吨重的铜钱堆积如山，整箱整箱的金器，极为罕见的麟趾金、马蹄金、金饼，还有竹简、木椟，等等，沉寂的文物仿佛在无声地告诉世界，墓主人的身份极不简单！那个时候，大家并不知道这座墓的主人就是后来震惊了世界的海昏侯、汉废帝刘贺，但是全世界都在根据出土的文物猜测大墓的主人极有可能就是第一代海昏侯刘贺，因为出土的好几件文物中都有“昌邑”字样，这与曾经当过昌邑王的第一代海昏侯刘贺关联紧密。因为海昏侯刘贺曾经当过14年的昌邑王和27天皇帝，是中国历史上唯一的一个集“帝、王、侯”于一身的传奇人物，同时，更因为大墓出土了巨量的珍贵文物，对于研究我国西汉的政治、经济、社会、文化，以及人们生活的各个方面，都具有十分重要的意义，因而引起了全球瞩目。

正是在这样的大背景下，我对大家猜测中的那个墓主人——

千古“帝王侯”刘贺产生了浓厚的兴趣，并开始收集所有与刘贺有关的资料，不管是正史的记载还是野史的八卦，通通收集过来。结果，越收集整理刘贺的资料，就越好奇。因为正史里对刘贺的记载非常少，而且对刘贺的评价基本上都是负面的，比如，他荒淫昏庸，不堪社稷重任，等等；野史里有关刘贺的说法更糟糕，直接说这个人仅仅当了 27 天的皇帝，却干了 1127 件坏事，平均下来每半个小时就要干一件坏事，竟然是个专门干坏事的皇帝；而从海昏侯墓出土的文物来分析墓主人刘贺，按照汉人“事死如事生”的丧葬习俗，出土的竹简竟是儒家典籍《论语》《礼记》《易经》《孝经》，还有最早的孔子屏风像、精美无比的编钟、青铜器、玉器等，从刘贺随葬的文物推测出的形象却似乎是一个崇儒重礼、兴趣高雅之士。这让我大为好奇！假如刘贺是史书上和野史中所记载的那个很不堪的人，为什么他能够当上皇帝？为什么他被废黜后竟然没有杀他而是留下了他，在被废黜庶民的十年似乎还过得不错？为什么他在被废黜十年后竟然又能够被封为侯？一个个疑问在我心中翻滚，让我抑制不住有了想写一写刘贺的冲动。我试图结合史料记载和出土文物来还原一个真实的刘贺。我当时就想，我心里的谜团一定也是当时很多人心中的谜团，如果我能够率先把刘贺的人生写出来，那一定是一件很有意义的事情。

后来，我偶然与二十一世纪出版社社长张秋林先生聊过一次刘贺，马上引起了这个职业出版家的浓烈兴趣。在他的筹划下，我在二十一世纪出版社有着“梦之队”美称的编辑团队帮助下，开始创作还原海昏侯刘贺一生跌宕命运的历史纪实文学作品《千古悲摧帝王侯——海昏侯刘贺的前世今生》一书，并得到了时任江西省委常委、省委秘书长、南昌汉代海昏侯国遗址文物保护领导小组组长的朱虹先生的鼓励和帮助。到 2016年 2月，这本书几经修改终于完成创作，由二十一世纪出版社出版，成为“海昏侯原创第一书”。2016年 3月 2日，国家文物局和江西省人民政府在北京首都博物馆联合举办“南昌汉代海昏侯国考古成果展”，向全世界宣布这座大墓的主人就是第一代海昏侯、汉废帝刘贺。同一天，我的《千古悲摧帝王侯——海昏侯刘贺的前世今生》一书也在首都博物馆同步首发，创造了中国出版史上同题材图书与重大事件的发生同步出版发行的一个纪录，迅速引起了广泛关注。借着海昏侯考古热席卷全球的东风，《千古悲摧帝王侯——海昏侯刘贺的前世今生》出版后，在短期内就创造了畅销近二十万册的佳绩，迅速进入中国畅销书排行榜，成为当年度历史传记类图书中现象级的出版物。不久，又在香港特区出版了这本书的繁体字版，在韩国出版了韩文版。

在写海昏侯刘贺的过程中，我对与刘贺命运关联最紧密的两个人产生了浓厚的兴趣。这两个人一个是决定了刘贺帝位立与废的当朝大司马大将军霍光，另一个是刘贺的继位者汉宣帝刘询。如果说霍光决定了刘贺皇位立废命运的话，刘询则决定了刘贺最终封侯的命运。将刘贺、霍光、刘询这三个人物关联起来看，便能更好地理解刘贺堪称千古悲摧的跌宕起伏的命运，也能更好地理解刘贺人生中迥然而异的上下两个半场：上半场的帝王生涯任性至极，下半场的庶民到侯的过程性格渐趋成熟。我在写刘贺的同时，又开始与二十一世纪出版社社长张秋林先生同步筹划写霍光与刘询这两个人，“海昏侯三部曲”系列的轮廓逐渐清晰起来。一年后的2017年，我创作了《千古悲摧帝王侯——海昏侯刘贺的前世今生》的姊妹篇《隐形天子——霍光的前世今生》。又一年后，“海昏侯三部曲”的第三部《布衣天子——刘询的前世今生》问世。至此，我完成了一个心愿，将海昏侯题材以“三部曲”的形式做全景式的展现。同时，通过这“三部曲”，以史为鉴，告诉当下的人们我对那段波澜壮阔历史的思考，也就是我在《千古悲摧帝王侯——海昏侯刘贺的前世今生》一书末尾所总结的“六个不可任性”，即“有权不可任性、年轻不可任性、有颜值不可任性、有功劳不可任性、有靠山不可任性、有冤屈不可任性”。

除此以外，我与二十一世纪出版社一道策划开启了“讲好海昏侯故事”系列文化讲座活动。我利用休息时间访媒体、进高校、走基层、入厂矿、奔军营、赴海外……在两年多的时间里不知不觉竟讲了两百余场。去了全国三分之一以上的省市，做客都市文化讲堂，到了五十多所高校与师生互动交流，以平均每周一场多的节奏，始终保持了“讲好海昏侯故事”的温度不减、热度不降。为此，我几乎投入了全部的休息日，乐此不疲。在一场又一场演讲中，我的“海昏侯文化讲座”内容不断升级，渐成系列。比如面对大学中文系的学生，我主要讲“海昏侯的文学之美”，将那个时代的“金屋藏娇”“倾国倾城”“勇冠三军”“芒刺在背”“姗姗来迟”“千金求赋”“伊霍之事”等文学典故娓娓道来，让学子们一下子就迷上这段历史；面对银行、保险等金融系统的人士，我主要讲“海昏侯的财富之谜”，让文物和史料说话，揭开海昏侯巨量财富的秘密，满足公众的好奇心；面对大学历史系师生，我主要讲刘贺的“称帝之谜、不杀之谜、封侯之谜”，拨开历史的迷雾，揭开尘封的面纱；面对旅游系统优秀导游员队伍，我主要分享“如何讲好海昏侯故事”的心得，从“讲好历史人物的故事、出土文物的故事、地方风物的故事”等方面，提出文化与旅游融合的建议；面对国家公务员队伍时，我主要讲“以史为鉴说刘贺”，把历史和现实贯通起来，让历史成为最好的清醒剂……我在每一场讲座中都必讲的、也最能引起大家共鸣的，是我对那段历史的总结和思考——“六个不可任性”。朱虹先生在给我的“海昏侯三部曲”第三部《布衣天子——刘询的前世今生》一书作序时说，这“六个不可任性”是“海昏侯三部曲”的魂，也是“讲好海昏侯故事”的魄。诚哉斯言，朱虹先生的话说到了我的心坎里。

我大学毕业就加入了警察队伍，有过25年的警察生涯，曾经当过市和县一级的公安局局长。因为一次偶然机遇，我离开了警察队伍进入到宣传文化队伍行列，并因此有机会接触到了举世瞩目的南昌汉代海昏侯墓考古发掘工作。我走到文学创作的路上纯属偶然，能够完成“海昏侯三部曲”的创作出版，可以说是我的机缘，也是我的幸运。这是我第一次尝试写书，而一写就是三部，自感不足多多，唯勇气可嘉！多年的从警经历让我能够以一种破案的视角来还原刘贺等历史人物的人生，“海昏侯三部曲”在篇章结构上也有点现代章回体的味儿。《北京晚报》记者李峥嵘女士在2016年3月对我的海昏侯创作做专访报道，并在同年3月4日发表了专访文章《像破案一样写海昏侯》；著名评论家李朝全先生在2016年3月5日点评我的《千古悲摧帝王侯——海昏侯刘贺的前世今生》时，说我的创作体现了“写独特”和“独特写”，符合文学创作的定律。我深知，这些都是对我的鼓励。我感悟，如果没有25年的从警经历，我可能写不出这“三部曲”；而如果没有进入宣传文化队伍，我更不可能接触到海昏侯。有朋友开玩笑说，冥冥之中好像有股神秘的力量让我与海昏侯牵上了手，两千年等一回，从此，我就成了宣传海昏侯的志愿者，成了海昏侯的第一宣传员。这虽是笑谈，却道出了某种机缘。

在创作“海昏侯三部曲”的过程中，朱虹先生、张秋林先生和二十一世纪出版社给了我很大的帮助。朱虹先生给我的“海昏侯三部曲”的每一部都写了序，令我十分感动；张秋林先生的职业敏感和精心策划，让“海昏侯三部曲”有了不一样的出场和气场，令我十分钦佩；二十一世纪出版社的编辑团队始终围绕着我这个初入门者对接服务，付出了极大的辛劳和努力，令我心生敬意。

北方文艺出版社的安璐同志独具慧眼，她看了我的第一本书后就开始与我沟通，建议我将海昏侯作品改编成适合评书演播的版本，请评书名家来播讲以扩大影响。我的“海昏侯三部曲”全部面世后，安璐同志又建议我将“三部曲”一并改编成评书，做成一个评书系列，以增加历史厚重感。为此，在炎炎酷暑中，她不辞辛劳特地从哈尔滨赶到南昌同我见面，接洽改编评书及授权出版等事宜，让我好生感动。好在小时候听单田芳、袁阔成等老前辈说过很多评书，后来又读过《三国演义》《七侠五义》等评书版本的名著，对评书这种形式不算陌生。因此，我便试着将“海昏侯三部曲”改编成了评书版本，并且把原“三部曲”的书名改成了《悲摧天子刘贺》《隐形天子霍光》《布衣天子刘询》，冠之以“海昏侯三部曲”的总名称。这是我的又一次尝试，自感有诸多不足，希求证于方家。

看惯春去秋来，任凭花谢花开，这世界有太多成败。
谁能问鼎天下，我欲纵横四海，那境界有几人能明白？
多少英雄汉，身前豪气在，千古帝王侯，身后黄土埋。
得意休任性，有梦要澎湃，应叫天地留精彩！

我将序言开篇中田信国先生《好叫天地留精彩》的歌词略改了几个字，竟感觉意蕴又有了些许的不同。

是为序。

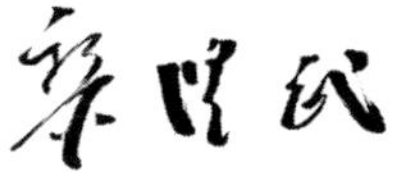

目录

悲摧天子刘贺

第壹回

盗古墓惊世骇俗　海昏侯惊艳四方

千古悲摧帝王侯，胜王败寇几多愁？
英雄生前豪气在，身后黄土埋一丘。
打开尘封终有日，跌宕起伏难回首。
看惯花谢又花开，浊酒一杯说春秋！

各位朋友们，大家好！从今天开始，我为您播讲一部穿越评书，名字叫《悲摧天子刘贺》。怎么叫穿越评书呢，因为这部书从现在一下能跨越到西汉时期，好家伙一下就是两千多年呀，不穿越能行吗？这部书是根据黎隆武先生创作的历史纪实文学作品"海昏侯三部曲"的第一部，原名叫《千古悲摧帝王侯——海昏侯刘贺的前世今生》改编而成的。北方文艺出版社取得作者授权，以评书的方式，将第一代海昏侯、汉废帝刘贺的传奇人生展现出来。并且由黎隆武先生亲自将评书版改成了《悲摧天子刘贺》。

为什么非得改名字呢？据黎先生讲啊，这个海昏侯刘贺是西汉所有皇帝中在位时间最短的，屈指算来这位刘贺当皇帝的日子，满打满算就二十七天，还没满月呢？！那可真是屁股还没坐稳呢，就让人给踹下台了。刘贺当皇帝之前，是富甲一方的昌邑王，当了一十四年的昌邑王，积累下了几辈子都享用不尽的财富。不让做皇帝以后呢，回到老家连昌邑王也没得当了，昌邑国除，他直接被废黜为庶民。庶民也就是老百姓了，从皇帝到庶民，那真是一夜之间由天上到地上又趴到井里了。这可真应了那句俗语，“辛辛苦苦几十年，一夜回到了解放前”！您说，刘贺若不悲摧谁悲摧啊？把“悲摧天子”这个词用在刘贺身上，那是再贴切不过了。

说了半天，这么悲摧的一个人，怎么就从尘封两千多年的历史旮旯里把他给倒腾出来了呢？刘贺到底又是怎么个悲摧法呢？

您别急，咱们还得从2011年3月说起。

话说江西省南昌市新建县大塘坪乡观西村，那是鄱阳湖畔的一个小村落。2011年早春三月的南昌，春寒料峭，月黑风高。观西村的党支部书记裘德杏，连续几天晚上都听到村庄的狗在异常地叫唤，而不远处村民的祖坟山——墎墩山上也不时地有强光灯在闪烁，还时而伴有马达的轰鸣。这种异常的情况引起了裘德杏的警觉。3月24日一大清早，裘德杏领着几个村民到祖坟山墎墩山上去查看。这一看，可了不得！观西村村民祖坟山的山顶竟被人打下去一个大洞，深不见底。洞口堆砌着老高老高的新土，旁边还有大量的木炭、胶泥、锯断的椁板木头。这不是有人盗墓吗？

墎墩山有古墓被盗的情况很快就汇报了上去。当天下午五点钟左右，省、市、县三级文物部门和当地公安机关的工作人员相继赶到现场，对盗墓现场进行了初步勘察。这一勘察，就发现该墓有高大的封土，建筑规模较大，棺椁外有木炭、胶泥，椁板上有朱漆彩绘，做工非常讲究，初步勘察的结果显示墓主人身份非同一般。文物部门判断，该墓葬等级较高，内部损毁情况不明，必须采取紧急保护措施。

2011年 4月，经国家文物局批准，江西省开始对被盗墓贼光顾过的墎墩山墓地进行抢救性考古发掘。随着考古发掘的推进，越来越多的重大发现将这座古墓推到了全球聚光灯下。

谁也没有想到，这一发掘就是五年！不仅发掘出两万多件（套）珍贵的文物，刷新了我国文物考古的多项纪录，而且还发掘出了一个集帝、王、侯于一身的传奇历史人物！

经过五年多的考古发掘，这处两千多年前的墓园和周边遗址的面纱逐渐被揭开。这个大墓的规制和随葬品的内容，远远超出一般列侯的规格。大墓发掘出的两万多件文物，可谓是琳琅满目，美不胜收。尤其是出土的马蹄金、麟趾金、金饼等金器之多，令人叹为观止，简直要亮瞎眼。光五铢钱就出土有十几吨重，估算有好几百万枚。纵观历史，在南昌新建这个地方，谁才会有如此富可敌国的身家呢？专家们不约而同地想到一个人，谁呢？这个人就是第一代海昏侯，汉废帝刘贺。因为在考古发掘的过程中，已经发现有很多“昌邑款”的漆器和青铜器，上有“昌邑九年”“昌邑十一年”字样。这正好与刘贺曾经在古昌邑国当过昌邑王有密切关联。后来的考古结果大家都知道了，墓主人果然就是第一代海昏侯、曾经当过一十四年昌邑王的汉废帝刘贺。

2016年1月15日，沉睡两千多年的墓主人“搬家”了。现场工作人员将内棺与棺床经航吊机运出墓穴，再由卡车运送到文保用房，也就是专门为这个墓考古发掘而建的国家级考古实验室。在考古实验室里，研究者们终于可以细细打量这个万众瞩目、期待许久的大棺了。这个朱红色漆皮大棺分为内外两层，长3.71米，宽1.44米，庄严气派。大棺上面放置着三把缠绕金丝的玉剑，玲珑剔透，做工精妙。内棺盖板上一只神鸟清晰可见，似乎正欲展翅飞翔。有专家说这是朱雀，象征着能引领死者的灵魂升入仙国，在汉代兴盛一时。2016年1月16日，海昏侯墓的主棺在考古实验室被徐徐打开。由于椁室顶板倒塌，大棺受到挤压，棺中文物也被挤压出来。内棺与外棺之间的缝隙间有只被压扁的漆盒，长0.6米，宽0.3米。漆盒上贴有金箔，有飞鸟、奔鹿、狩猎等造型，生动形象，栩栩如生，再现了汉代高超的金箔制作工艺。大棺的尾部，一块青色的谷纹玉璧露出半截；大棺的右侧，一件玉瑗断成了几截，瑗身雕刻着流畅的云纹。开启内棺后，海昏侯依旧被金器与玉器包围着，精美文物不可胜数，文物造型惟妙惟肖，制作技艺巧夺天工，让现场的研究人员大为震惊！其中，内棺中部有一枚小小的玉印，那正是墓主腰身的位置，估计是挂在墓主的腰上，晶莹的玉印上刻“刘贺”二字，至此，墓主的身份终于被完全凿实——果然是第一代海昏侯、曾经当过皇帝的刘贺。历经两千多年的岁月侵蚀，刘贺的尸骨已难见踪影，只留下了少许遗骸的痕迹。从刘贺的遗迹来推断，刘贺身长一米八左右，头部朝南平躺在棺内。刘贺身下垫的是特制的包金丝缕琉璃席，琉璃席下面还整整齐齐地铺有一百块金饼，每五枚一组，从头到脚一共铺了二十组。刘贺左手的位置摆放有他随身携带的玉具剑一把，右手的位置摆放有书刀一把，据专家介绍，这把书刀是用于他在竹简木牍上写字时修改刮字所用。刘贺右腰位置挂有一块较大的蝶形佩玉，配有玛瑙缀饰，十分精美。刘贺的头部、胸部和腹部都覆盖有大大的圆形玉璧，身下也垫有玉璧，最大的玉璧直径竟然有九寸，据考古人员说这么大的玉璧十分罕见。考古人员分析，刘贺的眼、耳、口、鼻等七窍部位应当都置有玉器，口中应当含有玉蝉。刘贺的头部位置放有一个漆箱，虽然已经压坏，但仍可清楚地辨析上面鲜艳流畅的纹饰。漆箱里面放的应该是刘贺最珍爱的物品。不过由于那个时候内棺还没有开始清理，所以还有很多惊喜尚不得而知。

刘贺是谁呀？怎么会有这么多的财富呢？

要说清楚这刘贺是什么人，那可得从公元前74年说起了。当时我国正处于盛世的大汉朝时期，发生了一件大事，那就是当朝皇帝，即历史上的汉昭帝刘弗陵，突然驾崩了。刘弗陵驾崩没有子嗣，也没有留下传位诏书。

皇帝驾崩，那是天塌下来的大事啊！方圆数十公里的长安四方城，一夜之间，玄黑的长幔高挂，把春日的阳光也遮住了。守城士兵麻服素帽，刀枪耀日闪着点点白光。刘弗陵生前所住的未央宫陷入了空前的混乱之中，空气中充满了丧主的哀伤。

国不可一日无主，朝廷不可一日无君！皇帝的丧葬大礼由谁来主持？谁将成为下一任皇帝？这可怎么办呢？这千斤重担责无旁贷地落在了一个人的身上，就是对刘弗陵有辅政之责的当朝大司马大将军、汉武帝的托孤重臣——霍光的身上。

望着长安城层层叠叠的孝幔，霍光想起当年孝武皇帝对自己的嘱托，心中不禁一声长叹："孝武皇帝啊，先主！您把心爱的儿子托付给了我，他却突然弃老臣而去，老臣有负您的重托啊！老臣也已经是六十好几的人了，大汉江山社稷如果出现什么变故，我可怎么去见您哪？"叹息中，霍光眼中的两行热泪奔涌而出。

第 贰 回

未央宫议立新君　太子据无端遭殃

汉昭帝刘弗陵驾崩，一无子嗣；二无传位遗诏。这可难坏了满朝文武！这个刘弗陵在位十三年，驾崩时年仅 21 岁，只留下一个 15 岁的上官皇后。由谁来接任皇位便成了当朝最大的一件难事。这千钧重担都落到朝中重臣大司马大将军霍光的肩上。

霍光是怎么个情况呢，怎么这天大的事都落在他的肩上呢？原来，在公元前 87 年，汉武帝临终时将幼子刘弗陵和汉室江山托付给了他最信任的霍光，指定他为大司马大将军，总领朝政和天下兵马，领衔辅佐时年 8 岁的刘弗陵。转瞬间，十三年过去，已年过花甲的霍光没想到，刘弗陵会英年早逝，先他而去。

作为武帝的托孤重臣，霍光扪心自问，这些年来自己对幼主刘弗陵的辅佐已经做到了殚精竭虑，简直就把他当作自己的儿子一样看待。不说死而后已，也算是鞠躬尽瘁了。朝廷一应的繁杂事务都是自己在处理，即使有天大的麻烦事也是自己扛在肩上，舍不得让小皇帝犯一点儿难。刘弗陵也很聪明，对自己非常信任。十三年君臣携手，按照孝武皇帝的嘱托，轻徭薄赋，与民休养生息，百姓充实，四夷宾服，整个大汉朝现在正是一派盛世景象。霍光觉得自己也算对得起孝武皇帝的重托了。可是谁能想到，天有不测风云，正值国泰民安的时候，年纪轻轻的刘弗陵竟然驾鹤西去了。

想着英年早逝的刘弗陵，霍光心里头又是一阵悲伤："陛下啊！我曾经几次打算还政于您，让您亲政。可是一看您的身体那么虚弱，我又哪里忍心开得了口呢。几次都是话到嘴边又咽了回去。唉，谁曾想这天命无常啊！"

霍光这是要唱还是怎么着？现在霍光哪有心思唱呀？他心里清楚，辅政这些年，尽管自己问心无愧，但也不是没有引起他人的非议。尤其是小皇帝刘弗陵长大成人后，有些人对自己迟迟不能还政给皇上是颇有微词，有说自己恋栈权位的，也有说自己辜负了孝武皇帝的。其实他们这都是站着说话不腰疼啊！若大个国家要是哪里有点闪失，将来我霍光有何颜面去见九泉之下的先孝武皇帝呦！孝武皇帝把幼主和江山社稷托付给了自己，自己只有夙兴夜寐，鞠躬尽瘁，才对得起孝武皇帝的嘱托啊。唉，谁能知道自己心里头的苦楚啊！

此时的长安城里，那踞于高高石阶上的未央宫矗立在云中，俯视着长安城。未央宫四周石雕栏杆环列，飞檐挑角，宫殿巍峨雄伟。殿内，雕梁画栋，天花板上的藻井，是色彩庄重、式样古拙的图案花纹。合围的楠木巨柱上，雕着云龙，张牙舞爪，仿佛要挺身飞腾，气势如虹。

往日感觉巍峨雄伟的未央宫，现在在霍光的心里仿佛是一座大山，压得他喘不过气来。由谁来入主未央宫，这不仅关乎大汉朝的江山社稷，关系到孝武皇帝当年对自己的嘱托，同时，也关系到整个霍氏家族未来的命运。这个继承大统的人可不那么好选！孝武皇帝的六个儿子中只有一个还健在，却又争议很大，再往下一辈，可供选择的也不多。大臣们各有各的盘算，无外乎都想立对自己更有利的人选。

正殿内，一身素裹的上官皇后端坐在上，眼角垂着泪花。大殿底下文武百官一片肃穆。为首的一位，中等身材，腰板笔直，看着就结实，虽面白如玉，却长满了连鬓络腮的胡须，身上带着一种无形的刚毅和威严，敢情正是当朝大司马大将军霍光。上官皇后才 15 岁，哪里经过这种大事。她望着满大殿焦虑的文武大臣，心中惶恐不安，不时地把可怜巴巴的目光投向她的外公——当朝大司马大将军霍光，这才是她心里最坚实的后盾。

众文武都知道，这个时候，大司马大将军霍光的话就相当于是圣旨。

只见霍光对着上官皇后深深一揖，然后面向众大臣，神情凝重地说道："皇后殿下，各位大臣，皇帝突然驾崩，老臣很是悲痛，深感有负孝武皇帝之重托。但是，现在不是悲痛和检讨的时候，眼下最要紧的事，是要赶紧商议一下，由谁来继承大统，才符合汉室江山社稷的需要，符合孝武皇帝的瞩望啊。”霍光话音一落，众人可就纷纷议论起来了。

按照汉室皇位继承的规制，皇帝驾崩无子，首先应考虑的是传位给皇帝的兄弟。刘弗陵原本倒是有五个兄长，按照年龄排序，分别是刘据、刘闳、刘旦、刘胥、刘髆。刘弗陵是汉武帝的儿子里头最小的一位。作为汉武帝最小的儿子，刘弗陵之所以能被立为太子当上皇帝，主要得益于汉武帝其他的皇子，也就是刘弗陵的哥哥们分别出了一些事。

汉武帝的长子、汉昭帝刘弗陵的大哥是刘据。刘据是汉武帝与皇后卫子夫所生，在太子位上含冤而死，史称戾太子。提起太子刘据，却要牵出一桩天大的冤案来。

原来，在公元前 128 年春，汉武帝的宠妃卫子夫给已称帝十二年、已经 29 岁的武帝生下了第一位皇子。汉武帝中年得子，欣喜异常，为皇长子取名为刘据，并马上命人作《皇太子生赋》，等于提前昭告天下这个刚出生的皇子就是太子了。合朝文武也都为这位盼之已久的大汉皇长子的出生而高兴。因汉武帝的原配夫人陈阿娇皇后这个时候已经被废黜，皇后之位已空缺一年有余，中大夫主父偃上书武帝，奏请立刘据生母卫子夫为皇后。同年三月，汉武帝册立卫子夫为皇后，并大赦天下。刘据也由庶长子的身份变为嫡长子。到刘据 7 岁时，便被立为太子。

作为太子的刘据，得到了汉武帝的悉心培养。虽然汉武帝感觉太子和自己相比显得有些文弱，但还是认为作为储君来说，太子尚属不错的人选。随着时光流逝，卫子夫皇后逐渐年老色衰，汉武帝对卫皇后与太子的宠爱也有些衰减，这让卫皇后和太子常常感到不安，但是汉武帝对太子刘据作为继位者的培养并没有松懈。

卫皇后容貌秀丽但出身卑微，为人处世都极其低调，很受后宫和众大臣的尊敬，汉武帝对卫皇后也很敬重和信任。汉武帝感觉到卫皇后与太子刘据内心的不安后，有一次就对刘据的舅舅、大司马大将军卫青说："我朝有很多事都还处于早期阶段，再加上周围的外族敌国对我国的侵扰不断，我如不变更制度，后代就将失去准则依据。如不出师征伐，天下就不能安定，因此不能不暂时使百姓们受些劳苦。但倘若后代也像朕这样去做，就等于重蹈秦朝灭亡的覆辙。太子性格稳重好静，肯定能安定天下，不会让朕忧虑。要找一个能够以文治国的君主，还能有谁比太子更合适呢！听说皇后和太子有不安的感觉，难道真是如此吗？你可以把朕的意思转告他们。"

卫皇后听到兄弟卫青的传话后，特意摘掉首饰向汉武帝请罪。后来，每当太子劝阻汉武帝征伐四方时，汉武帝就笑着说："由父皇我来担当艰苦重任，开疆辟土，而将稳定的江山留给你，不好吗？"

汉武帝晚年时经常外出巡游天下，每每出宫便将朝廷诸事交付给太子刘据，宫中事务交付给卫皇后。可见，汉武帝对卫皇后和太子的信任。

太子刘据性格仁慈宽厚、温和谨慎，颇得百姓之心。但是，在皇宫中，待人宽厚未必能得所有人的欢心；性格温和反倒易引来更多嫉恨。有句话，叫作“上有所好，下必甚焉”。汉武帝用法严厉，任用的多是冷绝无情的酷吏；而刘据却待人宽厚，经常在理政时将一些他认为处罚过重的人和事从轻发落。

哪曾想就因为汉太子刘据的宽厚仁慈，却招来了杀身大祸！

第叁回

巫蛊祸太子蒙冤　思帝位刘胥发狂

汉武帝用法严厉，性格刚毅，可太子刘据却是宽厚待人，温和谨慎。渐渐地，百官当中，为人宽厚的都聚在刘据身边，而那些用法严苛的，则大多诋毁刘据。结果，在汉武帝身边赞赏刘据的人少，故意诋毁的人反而多。公元前 106年，太子的舅舅、为汉武帝战胜匈奴立下赫赫战功的大将军卫青去世，与太子不睦的人认为，刘据和卫皇后已经没有了外戚靠山，同时也害怕太子继位后对自己不利，于是开始竞相陷害太子刘据。而汉武帝发现自己宠爱的太子与自己在诸多方面存在着差异，加上缺乏思想交流和感情沟通，父子间的嫌隙也开始增大。

汉武帝晚年时期重用酷吏江充。这个江充原本也与刘据没有什么瓜葛，然而有一次刘据派使者去甘泉宫向汉武帝奏报政务，使者因为政务紧急，乘着马车行驶在驰道上，恰巧被跟随汉武帝去甘泉宫的江充看见了。驰道为天子的御用通道，臣子百官没有得到许可都不能在上面行驶。江充就把刘据的使者扣押。刘据得到消息之后，派人向江充道歉，告诉他："都怪我对手下管教不严，此事实在不想让父皇知道，能否高抬贵手宽恕一次。"狡猾奸诈的江充深知汉武帝异于常人的性格，故意义正词严地向汉武帝汇报了此事。汉武帝果然大加赞赏说："做臣子的就该如此刚正不阿。"江充因此更加受汉武帝的信任。但因为此事，太子与江充有了嫌隙，给未来埋下祸根。

汉武帝晚年，巫风大盛。曾有女巫帮助后宫女人用巫蛊之术加害他人，而这些女人又由于妒忌而相互告发，并声称对方是在诅咒皇上。什么是"巫蛊"呢？所谓"巫蛊"就是用木头雕刻成仇人的形象，插刺铁针，埋入地下，并用恶语诅咒，以为这样能够使对方蒙祸。汉武帝晚年因年迈而多病，追求长生的欲望十分强烈，他迷信方士神巫，怀疑有人诅咒自己，对巫蛊之风深恶痛绝。因此，那些与巫蛊有关的嫔妃及大臣都被处死，死者竟达数百人。

到了公元前 92年，江充看到汉武帝年事已高，而自己的行事风格狠辣，与太子刘据的宽厚之风相悖，加之先前又和刘据有嫌隙，害怕汉武帝去世之后被刘据报复。他决心借助巫蛊之罪来陷害太子。江充先故意说汉武帝生病是因为巫蛊作祟，信以为真的汉武帝任命他为使者，专门典治巫蛊。江充广为收捕巫觋。什么是巫觋呢？古代称女巫为"巫"，男巫为"觋"，合称就叫"巫觋"。江充对巫觋严刑逼供，强迫他们认罪。从京师长安到各郡、国，因此而死的先后有数万人，闹得人心惶惶。后来有一天，汉武帝游幸甘泉宫时生病，江充称长安宫中有蛊气。汉武帝立即派他追查，又派韩说、章赣、苏文等宦官协助江充。早有预谋的江充便从后宫中不受宠幸的夫人开始查办，再延及皇后卫子夫。

一年后，江充终于将铁锹挖到了太子的东宫，故意设局，“挖”出了桐木人偶。可把刘据吓坏了，他想亲自到远离长安的甘泉宫向汉武帝表明清白，但是江充一直对他穷追不舍，使刘据无法脱身。刘据不得已被迫起兵，杀死江充，烧死胡巫。而江充的同伙，同样奸诈的苏文却逃出长安，来到甘泉宫，向汉武帝诬告太子造反。

汉武帝听到苏文的汇报后，并不相信，说："太子肯定是害怕了，又愤恨江充等人，所以发生这样的变故。"此时的汉武帝还是很理解太子的心理，因而派使臣召刘据前来。可是，派去的使者不敢进入长安，为了复命而编造说："太子已经造反，要杀我，我逃了回来。"这样，汉武帝对太子谋反才信以为真，因而勃然大怒，下令剿灭太子及其势力。太子兵败出逃，不久自杀身亡。汉武帝得知太子起兵有卫皇后支持，下诏派人要收回用以帮助刘据起兵，象征皇后实权的玺绶。卫皇后为了证明自己的清白，在后宫自尽身亡。

这件牵扯数十万人的事件，就是历史上著名的“巫蛊之祸”。

见自己敬重信任了三十多年的皇后和精心培养几十年的太子相继自杀身亡，汉武帝始终难以释怀。在冷静一段时间后，有大臣向武帝反映了太子的冤屈，武帝于是下令彻查此事，终于查明太子是被人恶意陷害，蒙冤而死。愤怒的汉武帝严惩了陷害太子的苏文等人，还修建了一座思子宫以寄思怀，又在太子自杀身亡的湖县修建了一座归来望思之台。

公元前89年，汉武帝颁布历史上赫赫有名的《轮台罪己诏》，全面反思自己过去的所作所为，表示今后要努力发展生产，与民休息。

刘据死后，太子之位就空缺下来。

汉武帝的次子、汉昭帝刘弗陵的二哥是刘闳。刘闳是汉武帝与宠妃王夫人所生，封为齐王。因为王夫人得到汉武帝的宠爱，所以刘闳也尤其受汉武帝的喜欢。可惜刘闳英年早逝，也没有留下子嗣，死后封国废除。谥号为“怀”，即齐怀王。

汉武帝的第三个儿子、汉昭帝刘弗陵的三哥是燕王刘旦。刘旦是汉武帝与李姬所生。燕国地处北境边陲，紧邻匈奴，土地贫瘠，民风凶悍。汉武帝在封刘旦为燕王时，以策文诏谕刘旦，勉励他镇守边陲，成为汉朝的藩篱辅翼。

汉武帝时期的郡国制度与汉初不同，诸侯王的封国已没有太多的权力。而且汉朝皇位传承遵从周制，基本上是立长。所以作为汉武帝第三子的刘旦，起初并不奢望有朝一日能够荣登大位。太子刘据在世的时候，刘旦安心为王，将心思集中于各种学问。刘旦率性而学，经书、杂说来者不拒，特别喜欢星历、数术、倡优、射猎。成年后的燕王“能言善辩，广有谋略”，喜好广揽游侠武士。

刘旦的二皇兄刘闳去世后，又发生了巫蛊之祸，导致太子刘据自杀。刘旦意识到汉武帝剩余诸子中自己年纪最长，按次序排下来，皇太子的位置应该归属自己，但不知何故，汉武帝一直没有再立太子的意思。等了好几年，还是没信儿。刘旦着急了，他派使者来到长安，向汉武帝上疏，请求宿卫长安，以备不虞。意思就是提醒年纪已老的汉武帝，该立自己为太子了，一旦汉武帝有个不测，能提前有所准备。

刘旦自荐请立为太子的举动，让汉武帝感觉很不舒服。当时，晚年的汉武帝正对冤死的太子刘据思念不已，看了燕王刘旦的自荐立太子信以后勃然大怒，立斩来使。紧接着，又以燕王“藏匿亡命之徒、违反汉律”的罪名，削掉燕王封国三个县邑，以示惩戒。之后，汉武帝感叹“生子应置于齐鲁之地，以感化其礼义；放在燕赵之地，果生争权之心”，遂厌恶刘旦。然而，刘旦并没有灰心，在汉武帝传位给小儿子刘弗陵后，他曾两度试图造反，但都没有成功，最后畏罪自缢而亡。

汉武帝的第四个儿子、汉昭帝刘弗陵的四哥是广陵王刘胥。刘胥也是汉武帝与李姬所生，是燕王刘旦的亲弟弟。刘胥身材高大，体魄壮健，喜好游乐，力能扛鼎，曾经空手与熊、野猪等猛兽搏斗。勇武斗狠的刘胥因为行为没有法度，未能得到汉武帝的宠爱，汉武帝一直就没有选立刘胥为太子的念头。到了汉昭帝刘弗陵继位后，刘胥觊觎帝位，曾两次请来女巫李女须，下诅咒，咒汉昭帝暴毙。这次，正巧汉昭帝突然驾崩，刘胥认为是李女须的诅咒灵验了，说她是位了不起的巫师，并杀牛庆祝。刘胥自信满满地认为，无论从哪方面看，自己都应该是皇位的继承人。于是，广陵王刘胥积极策动朝中大臣，鼓动众人拥立自己为帝。

第肆回

因储君刘髆殒命　谋皇位刘胥用贿

汉武帝的第四个儿子广陵王刘胥为了争夺帝位，费尽心机，志在必得，可以说他是铆足了劲儿往前冲了。

汉武帝的第五个儿子、汉昭帝刘弗陵的五哥是昌邑王刘髆。刘髆是汉武帝刘彻与他最喜欢的李夫人所生。公元前97年，刘髆受封为昌邑王，封地即为“齐鲁之地”的孔孟之乡，那是天下最肥的一块地方了。刘髆也是当时贰师将军李广利的外甥。这位贰师将军李广利可非同一般。他是汉武帝继大将军卫青之后，又一个权倾朝野的将军。李广利见太子刘据因“巫蛊之祸”自杀后，武帝迟迟不立太子，而武帝在处置燕王刘旦自请立为太子事件时，曾感慨“生子当置于齐鲁之地，以感化其礼义”，李广利和当朝丞相刘屈氂等人认为，武帝应该是对封地在齐鲁之地的昌邑王刘髆很有好感，于是一起策划谋立刘髆为太子。李广利和刘屈氂谋立太子之事被人告发后，武帝勃然大怒，严厉处置了李广利和刘屈氂。刘屈氂被腰斩，正与匈奴作战的李广利兵败投降了匈奴，全家被斩。昌邑王刘髆虽然没有受到牵连，却也没有了成为太子的希望。公元前 88年即汉武帝去世的前一年，刘髆暴毙身亡，什么原因死的，史书上没有记载，但是他死后，武帝赐予的谥号为“昌邑哀王”。这一个“哀”字，似乎说出了武帝心中万般的无奈：我不就是说了一句“生子当置于齐鲁之地”吗？怎么就这样相煎何太急呢？刘髆死后，他 5岁的独生子刘贺继位为昌邑王。

汉武帝的第六个儿子，就是最终继承皇位的汉昭帝刘弗陵。刘弗陵的母亲是汉武帝晚年时期最宠爱的妃子钩弋夫人。据说，钩弋夫人怀胎十四个月才生下刘弗陵，这个特殊的身世与上古的尧帝一样，传说尧帝也是其母怀胎十四个月所生。汉武帝因此对刘弗陵特别重视。加上幼年的刘弗陵体格健壮、聪明伶俐，很像汉武帝少年之时。汉武帝因而格外宠爱刘弗陵，对他抱有很大期望，在晚年有意传位于刘弗陵。为了防止自己死后主少母壮、太后专权的历史重演，汉武帝将刘弗陵的生母，自己宠爱的钩弋夫人赐死。公元前 87年，汉武帝病重，年仅 8岁的刘弗陵被立为皇太子。不久之后，汉武帝驾崩，刘弗陵继位，也就是历史上的汉昭帝。刘弗陵在霍光的辅佐下在位十三年，国泰民安，万方来朝，形势一片大好。但刘弗陵的身体却很不争气，不仅没有留下后人，年纪轻轻的竟一病不起，遍寻名医也不见好，还没等到霍光还政于己，就突然驾崩了。

说了半天，到刘弗陵驾崩的时候，按照皇位传袭的规制，能够继承帝位、最符合要求的，就只剩下广陵王刘胥了。刘胥心里也看得很清楚。但是为了防止节外生枝，刘胥还是特地令人备了许多份厚礼，送与朝中大臣家中。朝中大臣一个个见了厚礼，自然也是心领神会。他们知道，刘胥的继位可以说是顺理成章，更知晓刘胥对这个皇位可以说是志在必得。大臣们谁都不敢得罪当今的广陵王、未来的皇帝，接过厚礼的大臣们纷纷私下表态，定然会在朝议当中支持刘胥。

不过，刘胥也知道，虽说群臣表面上允诺会支持自己继承帝位，但是最终的决定权，依然掌控在孝武帝的托孤大臣、大权在握的霍光手里。因此，他特地备了一份厚礼让人送到霍家。刚好赶上霍光不在家，而霍光的夫人霍显见传言要继承帝位的刘胥特地备了大礼前来，暗想，这广陵王刘胥果然是想攀上我们霍家啊，以后霍家定然会更加荣华富贵了。于是，霍显便喜笑颜开地把礼收了下来。

刘胥得知霍家收下了自己的厚礼，心中是欣喜异常。他暗想，若是有霍光的支持，那自己的皇位可以说是十拿九稳了。

一想到霍光，刘胥心头不禁陡然生出一丝又怕又恨的心绪。霍光啊霍光，你个老匹夫！你当初逼死我的王兄刘旦，还不在父亲武帝面前说我的好话，以至于我没有了被立为太子的机会。刘旦可是最疼爱自己的兄长啊！日后我若真接了皇位，对霍光这个老匹夫绝对不能放过！不过，如今自己还没有接到帝位，且先把仇恨放到一边，该低头时且低头，到了那时再清算新仇旧恨也不迟，今天送出去的重礼，哼哼，到时候还得给我吐回来。

此时，广陵王刘胥的双拳已经握得生疼了，他咬牙切齿，暗下决心，自己登基称帝后，势必要清除霍光，以解心头之恨。

花开两朵，各表一枝。咱们暂且先放下广陵王刘胥在暗自咬牙切齿地发狠不说，且说这天在朝堂之上议立帝位接班人选的事，大司马大将军霍光提出来要商议推举继承皇位的人选。霍光提出商议后，便冷眼扫视着群臣，内心十分不安。霍光心里很清楚，于情于理，多数大臣提出的人选必定会是广陵王刘胥。但是，他对广陵王刘胥这个人选却很不满意。

霍光为什么对广陵王心存芥蒂呢？原来这个广陵王啊，他行事没有一点儿法度。汉武帝在世的时候就不喜欢这个儿子，虽然封了广陵王，但压根就没有考虑过让他继承大统，霍光跟在汉武帝身边二十多年，对这个是很清楚的。霍光心想，现在广陵王刘胥已是壮年，行事方式依然我行我素，据说还与女巫厮混在了一起。他若当了皇帝，如果行事还是那么毫无法度，汉室江山社稷岂不是要断送在他的手里？再说，他的哥哥燕王刘旦就是在自己主政期间因谋反而被赐死的。这哥儿俩感情特好，据说刘旦死后，刘胥已经不止一次地流露出要为兄长报仇的念头。刘胥与刘旦这两兄弟绝非善类，都是睚眦必报的人，万一这个家伙接了帝位，等待霍家的还不知道会是什么下场呢。自己已经年过花甲，不知道还能强撑几年，到那时，孝武皇帝托付给自己的江山社稷可怎么办哪！

霍光这儿正琢磨着呢，突然听见有人大声讲话，一看原来是主管皇室宗籍事务的宗正刘德。宗正就是我国古代朝廷掌管皇帝亲族或外戚勋贵等有关事务的官员，位列九卿之一。刘德大声说道："大将军！先帝英年早逝，实在令人扼腕。孝武皇帝有六个皇子，现在只有广陵王刘胥尚在人世。他是先帝的直系皇兄，与先帝的关系最为亲近，按大汉的规制，先帝无子，他同父异母的哥哥广陵王胥理应接位。"嘿！看见没有，果不其然，皇亲国戚、文武百官第一时间想到的就是汉武帝仅存在世的儿子广陵王刘胥。

宗正是主管皇室宗籍事务的官员，刘德的话可以说也代表了相当一部分皇室家族的意见，不能不重视！汉武帝还健在的儿子，确实也只剩下广陵王刘胥了，宗正刘德的话也代表了不少大臣的心思。

霍光心中知道广陵王刘胥封王多年，可不是个让人省心的主。昨天晚上，夫人霍显告诉了自己刘胥派人送礼的事，被自己痛骂一顿。这个女人就是贪财！这份礼是这么好收的吗？你收下了这份厚礼，将来就可能会死得很惨！

霍光已经料到，广陵王刘胥必定早就开始活动了，看宗正刘德的话说得这么理直气壮，怕是刘胥也已经给他送过厚礼了。刘胥啊刘胥，你以为一份厚礼就能左右我的抉择吗？霍光没言语，他暗地思量：我倒要看看，还有哪些人被你刘胥给买通了！

这时候，丞相杨敞紧跟着也说话了："先帝无子，广陵王是孝武皇帝仅存的儿子，听说他体魄壮健，勇猛威武，很有气魄。老夫也以为，广陵王即位，必能再振孝武皇帝之雄风。"

见杨敞这么快也替刘胥说话，霍光暗自咬牙。要知道，杨敞可是个谨小慎微的人，他每一次朝议时想说的话必定会先和自己通气。这一次怎么就例外了呢？一想到这儿，霍光心里头陡然生出一丝寒意！广陵王还没有接位，大臣们就已经开始投靠想象中的新主了。如果刘胥一旦接了皇位，我霍光将来又该当如何呢？

第伍回

群臣议立广陵王　霍光心焦意彷徨

未央宫里满朝文武议政立新君，果不其然真出现了多数人拥立广陵王的局面。宗正刘德和丞相杨敞挑头一说，广陵王怎么好，怎么合适继承帝位，其他大臣纷纷附和："广陵王自封王以来，封国治理得井井有条，百姓感恩戴德。广陵王具有治国之才，是新君独一无二的人选。"

"广陵王为人谦逊，曾经多次入朝朝拜。先帝对广陵王也礼遇甚厚，若是广陵王继位，想必先帝在天之灵也会有所释然。"

你一言我一语，这些大臣有的赞颂刘胥的功绩，有的从宗庙角度阐述广陵王是最佳人选。其他大臣见之前已经有人推荐广陵王刘胥了，而目前来看，刘胥可以说是最有资格成为新帝的人选，也就顺势表明自己支持广陵王。就算有人持不同意见，这时候也在想要是自己不识好歹地强出头，怕是日后刘胥真的当上皇帝，自己必定被清算。您看，很多人就是这样，从众心理特强。那时的封建官场都这样，谁不想保住自己的利益？一时间，朝廷中的官员们几乎是异口同声，认为刘胥名正言顺，可以继承皇位。

那么霍光在干什么呢？大司马大将军霍光，一句话都没说，他面无表情，就在那儿大瞪着两只炯炯有神的眼睛看着大伙在那儿说，看看大家伙儿到底都是什么态度。众人你一句他一句说的正热闹，有人就发现大将军怎么不发言？嘻！我们这不是瞎折腾吗？怎么，最终拍板的是人家！所以有那看得出事来的，轻轻一拱吵吵声大的，这位一看，"啊？啊！哦。"他也不说了。霎时间，大殿中鸦雀无声了！

霍光在想什么呢？实际上，他的内心已如滔滔江水，暗潮涌动。

霍光暗暗考量，现在朝廷的大臣中，大部分都主张立广陵王刘胥，虽然自己事前预料到会有人这样提议，但是，出现这种众口一词的局面，还真是他没想到的。按照自己以往的观察，这位广陵王，品行素来不端，行为不循法度，孝武皇帝对他非常厌恶，所以当初才没立他为太子。江山社稷若是交给他，孝武皇帝在天之灵只怕也不得安息。再者，燕王刘旦和广陵王刘胥是同胞兄弟，刘旦因谋逆失败而被迫自缢，要是刘胥当了皇帝，很难说不加罪于己，到了那时又该如何是好？

霍光很明白，自己能够长期辅政的一个重要条件就是皇帝年少，需要他的辅政。当初刘弗陵 8 岁继位，国家大事悉数交由自己处理，即使后来小皇帝长大成人，理应亲政时，国家大事仍然是由霍光主管。然而，此时的广陵王正值壮年，一旦入主长安，朝廷政局必将大变，这当然是霍光所不愿看到的。但是，广陵王毕竟是汉武帝唯一尚存的儿子，继承帝位确实也在情理之中，这也是群臣大多支持广陵王的原因。

霍光心想，就今天大殿上的这个局面，立谁为帝这件急事看来得缓办才行。霍光决定暂缓一步。他环顾群臣，缓缓说道："各位大人为国考虑，忠心可嘉。不过立新帝一事，事关社稷安危，需细细考量，不可草率决定。希望诸位大人从汉室的江山社稷出发，再三考量。明日再议。"说完话，霍光把袖子一摆，给上官皇后施了个礼，意思是恭请皇后回宫，皇后一看外公发话了，自己只能起身转回后宫。众文武见霍光发了话，群臣谁也摸不准他的意思，只得散朝。

霍光朝散，回到自己的府中，夫人霍显把他迎进屋里。提起霍显可不一般，她原来只是霍光府中的女奴，比霍光小好几十岁，由于她长得妩媚动人，又会来事，偶然被霍光发现了，先纳为小妾，霍光原配去世之后，才扶为正室夫人。霍显见丈夫从宫中回来之后，沉着一张脸，在屋内来来回回地踱步，看上去心事重重的，不由得有些担心，便上前来，轻轻问了一声："将军一脸忧虑，今天在宫中发生了什么事情吗？是不是皇帝驾崩后，遇到什么棘手的事情，还是有人想对您不利啊？"

霍光长叹一口气："唉！你也知道先帝并无子嗣，今天，朝中在紧急商讨，应该立谁为帝。广陵王刘胥是孝武皇帝唯一在世的儿子，和先帝又是兄弟，于情于理，他都可以继承皇位。朝中大臣也多推举他。”

霍显见丈夫语气中充满了无奈与焦虑，不解地问：“既然各位大臣意见一致，那事情很顺利啊，将军还忧虑什么呢？前日广陵王还让人送来重礼，想必将来定然是会优待我们霍家的……”

霍光一听老婆霍显又提广陵王送礼一事，气就不打一处来。他咆哮着对霍显吼道：“你个浅薄的妇人！将来霍家要败就会败在你手上。这份礼是那么好收的吗？你今天收了他的礼，明天他可能会要了你的命！”

霍光恨不得一个巴掌扇向霍显。但是一见霍显已经怯意连连，小脸满是可怜！爱惜之情便油然而生！“唉，这个女人尽管一门心思为霍家着想，这些年伺候自己也无微不至，但就是太贪财了！头发长见识就是短！自己主持朝政这些年，不知道她收了人家多少礼！现在自己在位，权倾朝野，霍家如日中天！一旦自己百年之后，霍家说不定就会毁在她的手里啊！”霍光暗自度量，心里一声叹息。

霍光耐着性子对霍显说：“广陵王这个人，性情暴戾，行事不遵法度，一旦成为皇帝，国家会被他搞乱的。孝武皇帝当年之所以不立他为太子，也是出于对社稷安危的考虑。况且，广陵王觊觎皇位已久，先帝尚在的时候，便有传言他有不轨之心，他哥哥燕王刘旦就是因为谋反被我下令诛杀。据老夫所知，这个仇他可是一刻都没有忘！如果他接位，还会容得下我们霍家吗？”

听到这里，霍显也着急起来说：“那……那怎么可以立他为帝？将军千万不能答应啊。”霍光叹了口气，说：“可是先帝没有儿子，孝武皇帝的儿子中，活着的也只有他一个，假如不立他，又有谁能继承汉室社稷？国家不可一日无君，众臣都觉得广陵王适合，纵然老夫坚决反对，又该怎么说呢？”

霍显一听，她把银牙一咬，插了句话：“既然如此，将军现在大权在握，何不干脆取而代之。您就坐了天下得了！”

霍光一听，怒喝一声：“一派胡言！这种话怎么可以乱说呢！孝武皇帝将幼主与江山托付于我，我一日都不敢松懈。如今先帝早崩，作为臣子的怎么可以做出这种不忠不义的事情？你是要让我背上不忠不义的骂名吗？这种混账话今后不可再说了。广陵王的礼马上给我退回去，今后不许再收任何人的礼！夫人哪，千万不要让霍家毁在你的手里啊！”急怒之下，霍光的脸色惨白得吓人。

霍显从来没有见过丈夫如此震怒。霍氏家族眼里的霍光，从来都是一副从容淡定的面容，即使泰山崩于眼前，可能他都不会惊于面色。这一次不知道哪来这么大的火！见霍光盛怒，霍显心生怯意，赶忙道歉：“将军息怒，我只是妇人之言，你可别气坏了身体，我以后再不乱说了。”

霍光沉思了片刻，仿佛自言自语地说：“无论如何，这个广陵王也不能当上这个皇帝。”

应该选谁呢？又该以什么理由说明广陵王不能继位呢？他在

屋里来回走了几趟，冥思苦想。突然，霍光脑中灵光一闪，他想起了一个人来。

第陆回

思先帝点醒迷梦　承遗命定昌邑王

铁甲将军夜渡关，
朝臣待漏五更寒。
山寺日高僧未起，
看来名利不如闲。

大司马大将军霍光为了立谁当皇帝这事，费尽心机，绞尽脑汁。他是昼夜难眠，寝食不安。这天散朝之后，回到大将军府他正琢磨呢，突然灵机一动，他想起一个人来，谁呀？老主汉武帝刘彻。他想起了汉武帝有位最宠爱的妃子李夫人，年纪轻轻就去世了。李夫人的儿子就是昌邑王刘髆，也已经去世，但刘髆留有一子刘贺，接任了昌邑王位。李夫人死后，汉武帝伤感不已，梦里都在念叨。汉武帝曾允诺要善待李夫人的后代，临终给自己交代后事的时候，还特别叮嘱过自己不要忘了这一点。而武帝去世时，李夫人这一脉也就只剩下昌邑王刘贺了。

霍光琢磨，可否推举汉武帝的孙子、刘弗陵的侄子刘贺为帝呢？虽说刘贺也是一个喜欢玩乐、性格轻狂、有些放纵的皇族子弟，但他年轻，可塑性强，选他应该比选刘胥要好。再加上先帝刘弗陵跟昌邑王刘贺是叔侄关系，如果刘贺以刘弗陵继子的身份继任皇位，这样一来，不仅符合汉室继承大统的规制，将广陵王刘胥排除在皇位继承人之外，而且自己的外孙女上官皇后正好就成了皇太后。自己这个大司马大将军仍将是本朝最显赫的外戚，是朝廷不可或缺的顶梁柱！

一想到还有昌邑王刘贺，霍光紧绷着的心绪开始松弛下来。霍光心中生出莫名的激动："英明神勇的孝武皇帝啊，幸亏您当年向老臣交代过要善待李夫人的后代啊，否则我还真不知道该怎么去化解如今的困局。我如果把您交代过要格外关照的李夫人的孙子，也是您当年喜欢过的孙子扶上帝位，我看谁还敢有异议！"

武帝在霍光心中就是一尊"神"。武帝交代过的事，永远是霍光必须坚决照办的圣旨。霍光思绪万千，当年武帝将幼主刘弗陵和汉室江山社稷托付给自己的时候，自己就下定了决心——士为知己者死！一定要对得起武帝的信任和嘱托。武帝临终前交代过自己三件事。第一件事就是尽心尽力辅佐幼主刘弗陵，这一点，自己是对得起武帝的。第二件事是要善待李夫人的后代，具体讲就是善待昌邑王刘贺了。现在刘弗陵驾崩，帝位空悬，这对刘贺而言是个机会。武帝交代的这第二件事，看来是到可以做的时候了。第三件事是要照顾好武帝心中有愧的戾太子的后人，这件事自己也一直在办，戾太子留下的遗脉、他的孙子刘病已尚在人世，只要自己在位，将来免不了也是要把他封王封侯的。

霍光这样想着，不免有些得意起来。他又琢磨，让昌邑王刘贺接帝位，尽管自己打着孝武皇帝的旗号完全可以做得了主，但做这样的安排最好还是不要由他这个大司马大将军先提出来。上午朝议的时候，自己让众位大臣从汉室江山社稷出发，再三考量新帝的人选。不知道有人听出了话里的弦外之音没有？

凑巧，有位郎官（郎官：帝王侍从官侍郎、中郎、郎中等的通称）大约是参透了霍光的心思，连夜上疏说："古时候立太子时，曾有周太王［周太王：公亶父，姬姓，名亶，又称周太王，又作周大王，豳（bīn，今陕西旬邑）人。上古周族的杰出领袖，西伯君主，周文王祖父，周王朝的奠基人。周武王姬发建立周朝时，追谥他为"周太王"］不立长子太伯，而立末子季历；周文王不立长子伯邑考，而立周武王。这都是根据其人能否担负社稷重任来权衡考虑的。只要是最适宜做皇帝的人，就算是要废长立幼，也是可以的。孝武皇帝在世的时候，就认为广陵王不适合做一国之君，因而没有立他为太子，不让他继承大统。现在又怎么可以立他为帝呢？况且现在广陵王依然行为不端，下官觉得他不可以继承皇位。"

您看，这位郎官就很讲究工作方法，为什么呢？在朝堂上大多数人都拥立广陵王，自己有不同见解，说了也不一定起作用，现在，单独上疏，表明自己的意见，就免了很多争执。

霍光见到这篇奏章，心中为之一振。这不就是他想要的不推荐刘胥为新帝的理由吗？于是，第二天朝议的时候，霍光先将这份奏章交给群臣传阅。朝中大臣阅后，都知道霍光有不想立广陵王的意思了，但又都不知道霍光的葫芦里究竟卖的是什么药，于是谁也不敢再贸然举荐，当然也没有人再提广陵王接位了。大家都打算观望，看看霍光究竟是什么意思再说。而霍光却始终不主动说出自己的想法。就这样，第二次朝议又是无果而终。

新皇帝的人选迟迟出不来。霍光虽然表面上不动声色，但他的内心其实也是心急如焚。尽管心里头已经有了主张要推立昌邑王刘贺接帝位，但为了稳妥起见，霍光还是私下先召来丞相杨敞。

杨敞身为丞相，自然也是广陵王刘胥极力争取的重要人物。那天广陵王亲自上门送上大礼时，杨敞心中虽然想到过不收，但是又担心万一广陵王接位，怪罪自己在关键时刻没有给他面子，那样必定会给自己招来大祸。这样一想，他只好忐忑不安地收下了那份烫手的厚礼。这份礼可真是重，压得杨敞这几天都没睡好觉。

杨敞心想这位“未来的皇帝”要是真的继承了皇位，定然会善待当初支持他的各位大臣，自己当时也说了一定会支持刘胥的。可哪知道群臣商议时，虽然绝大多数大臣都推荐刘胥，而霍光却似乎另有所思。现在霍光才是大汉朝实际的当家人，也正因为如此，自己每一次朝议的意见都会先征求霍光的看法，这一次怎么就昏了头呢，竟然忽略了这个必经的重要环节！朝议时，霍光将不应推举广陵王为新帝的奏章交给群臣传阅，明摆着是霍光没有立刘胥为新帝的想法！广陵王怎么就没有能够打通霍光的关节呢？不是说霍显已经收了厚礼吗？

一想到这儿，杨敞就生出阵阵悔意。眼下霍光召自己前去，不知是福还是祸！杨敞一想到广陵王刘胥的礼还在府上未及时退回，心里头暗暗着急：得赶紧把广陵王的礼给退回去！

杨敞见了霍光，寒暄了一阵。随后，霍光问道："丞相认为，应该推举谁为新帝呢？"杨敞的升迁，其实均得益于霍光。他行事谨小慎微，本是个胆小怕事之人，素来不敢违逆霍光的意思。

见霍光开门见山问新帝的人选，杨敞心想得抓紧机会挽救前头的失误，赶紧表明自己的立场。就说："广陵王行事荒唐，而且不为孝武皇帝所喜欢。下官也觉得广陵王并不适合。我之前在朝议时推举广陵王刘胥所说的话，看来考虑得很不够。"霍光故意不对杨敞举荐广陵王刘胥之事予以置评，又追问道："那大人觉得宗室中，还有谁继任比较合适呢？"

杨敞见霍光追问，苦于不知道霍光的具体打算，就支支吾吾地不敢再贸然说话。

霍光见状，便说道："先帝没有儿子，本该在他的兄弟里选择。可是正如大人所说，先帝唯一活着的兄弟广陵王刘胥，行为不循法度，不堪社稷重任。因此就只能在先帝的下一辈中选择。你看如何？"

杨敞见霍光这样说，心里有了底，便答道："不知道大将军打算推举谁为新帝？"霍光沉吟了一下说道："昌邑哀王之子，现在的昌邑王刘贺，生长在孔圣之乡，今年已经 19岁，正值英年，可承担社稷重任，不知大人你意下如何？”

第柒回

挽狂澜智立新主　究身世李氏倾城

丞相杨敞一见霍光心中已经有人选了，马上附和 :“孝武皇帝宠爱昌邑哀王之母李夫人，是众所皆知的事情，孝武皇帝时原也有过立昌邑哀王为太子的争论，可惜昌邑哀王不幸早薨。昌邑王刘贺论辈分正是先帝的侄子，倒是可以作为先帝的继子，先承太子位，再继位为帝。这样，就符合了汉室继承大统的规制。下官完全赞同大将军的意见。”

霍光见杨敞表态赞同，松了一口气。但又转念一想，这种事情唯恐夜长梦多，得尽快决定下来才好。于是继续说道 :“既然丞相与老夫的意见一样，那明天再次商议的时候，我向群臣们说出我的意见。若群臣皆没有异议，那就派人迎昌邑王刘贺入京，主持丧礼，再继位为帝，如何？”对于霍光的意见，杨敞根本不敢有任何异议，只有点头称是的份儿。

送走了杨敞，霍光又找来几位重臣，一一单独讨论。这些大臣见掌握朝廷大权的霍光已有主见，于是纷纷附和。即便有人私下有异议，被单独召来时，也不敢多说什么了。

第二天上午，群臣再度聚在一起庭议。大殿里已经没有了前两天庭议时的喧哗和沉闷，包括上官皇后在内，大家的目光都在随着霍光的举动而转动，大家都知道该是大司马大将军霍光拿主意的时候了。

霍光森严的目光从所有大臣的脸上一一扫过，沉吟良久。只见他两眼闪了一道光，很快转瞬即逝。明眼人一看就明白，大将军已经下定了最后的决心啦。只见霍光用力清了清嗓子，声音不高但很沉稳，大殿里虽然人很多，但谁也不敢出声，几乎大气都不敢喘。为什么？怕一喘气正赶上大将军做重要指示，漏一句，怎么办，每人都屏息凝神，两只耳朵早就竖起来了，时间长了，都落不下来了。就听霍光说："这两天，众位大人对于立谁为帝讨论得很是热烈。有主张立广陵王刘胥的，也有反对立广陵王的，立与不立的理由前两天已有大臣讲过，今天就不多讲了。这两天，老夫和几位大人探讨的时候，有人提出可以考虑立昌邑王刘贺。老夫觉得这倒是个可以考虑的人选。大家都知道，昌邑哀王乃孝武皇帝最宠爱的妃子李夫人所生，现在的昌邑王是昌邑哀王的儿子，也是孝武皇帝的孙儿，曾经深得孝武皇帝的喜爱。而且昌邑王封地处在孔孟之乡，昌邑王自小就接受儒家之道的熏陶，熟读五经。听说，昌邑王还十分勇猛，敢于任事，颇有孝武皇帝之遗风。当年，孝武皇帝曾对老夫嘱托，要老夫在辅佐幼主的同时，善待他所喜爱的孙儿昌邑王。所以，如果立昌邑王为新帝，也可以说是孝武皇帝的遗愿所归。”

这一番话从霍光的口中说出来，群臣就都知道霍光的意思了，谁也不敢站出来反对。霍光不怒而威的目光再次从群臣的面上扫过，最后停在丞相杨敞的脸上。

丞相杨敞就明白，知道该自己说话了。只见杨敞马上向前跨了一步，接过了霍光的话头：“大将军的决定十分英明。昌邑王是孝武皇帝的孙儿，先帝的侄儿，既然先帝没有留下子嗣，按照祖制，可以把昌邑王过继到先帝这一脉，作为先帝的继子。待昌邑王进京后，可先立为太子，然后接帝位。这样就符合汉室大统的规制了。”满朝文武大臣纷纷赞成，转而附和说昌邑王刘贺确实是治国之才，大将军这一决定实在英明神武。

这时，霍光让他的外孙女上官皇后发下诏令，特派少府史乐成、宗正刘德、光禄大夫邴吉、中郎将利汉等，前去迎接昌邑王刘贺入京主持先帝的丧葬大礼。

那么大将军霍光所选择的昌邑王刘贺究竟是个什么样的人呢？刘贺的身世也是非常的显赫！他的祖母就是汉武帝一生最喜爱的女子，历史上赫赫有名的李夫人。不是有这么一首汉代古诗吗？

北方有佳人，
绝世而独立。
一顾倾人城，

再顾倾人国。

宁不知倾城与倾国？

佳人难再得。

这正是汉武帝时期宫廷乐师李延年的名曲《北方有佳人》。歌中所赞美的那个倾国倾城的女子，就是这位李夫人。汉武帝正是在欣赏了这首《北方有佳人》之后，心为之动，这才把李夫人召进宫去，后来成为他的最爱。李夫人在给汉武帝生下儿子刘髆之后，一病不起，红颜薄命，临终前向武帝托付幼小的儿子。两人在那个年代发生的这场爱恋，可谓是汉代的倾国倾城之恋。如果没有汉武帝和李夫人当初那场倾国倾城之恋，也就没有后来的刘贺。

汉武帝刘彻可不是一般的人物。他是西汉第七位皇帝，16岁登基，在皇帝位上一干就是五十四年。历史上将汉代的汉武盛世与唐太宗时期的贞观之治、清代康熙乾隆时期的康乾盛世并列为三大盛世。

事实上，汉武帝确实开创了西汉王朝最鼎盛繁荣的时期，创建了中国封建王朝的第一个发展的高峰，在他的统治下，中国成为与西方罗马帝国相媲美的东方强国。汉武帝开辟了广大疆域，奠定了其后两千余年中国版图的基础。历史上总是将秦始皇和汉武帝相提并论，毛泽东主席著名的词作《沁园春·雪》，也是把“秦皇”与“汉武”相提并论，大概是因为，无论是秦始皇还是汉武帝，对于中国历史的进程而言，他们都是具有奠基意义的伟大人物。

而纵观武帝一生，他最喜欢的女人就是那个据说有倾国倾城之美貌的李夫人，也就是李延年在前面那首《北方有佳人》中所描写的女子。而这个倾国倾城的李夫人之所以能得宠，全得益于其哥哥李延年。

这个李延年，中山人，中山也就是今天的河北省定州市。李延年是汉武帝时期的宫廷乐师，也是中国古代最著名的音乐人之一。李延年歌唱得很好，而且他不但善歌喜舞，作曲水平也相当高，当时有评价说他“每为新声变曲，闻者莫不感动”。也就是说他每发表一首新歌，都能感动很多听众。李延年就是当时的流行乐坛大佬。当时汉武帝在各地兴建了祭祀天地的祠庙，并造设音乐，让司马相如等文人作诗称颂，而李延年总是奉汉武帝的旨意，为司马相如等文人所写的诗词配曲并演唱。而且，李延年还很善于将旧曲翻新。当时张骞出使西域，从西域带回了《摩诃兜勒》。摩诃兜勒是什么意思呢？其实摩诃和兜勒是两个梵语词汇。“摩诃”是“大”的意思，“兜勒”是古国名，有学者研究认为是“吐火罗”民族。李延年把《摩诃兜勒》改编成二十八首“鼓吹新声”，成为乐府仪仗之乐，可见他在当时音乐界的地位。

李延年还是我国历史文献上最早明确标有作者姓名及乐曲曲名和对外来音乐进行加工创作的音乐家。他为武帝作《郊祀歌》十九首，成为皇家祭祀乐舞。他还把乐府所收集的大量民间乐歌进行加工整理，编配新曲，广为流传，对当时民间乐舞的发展起了很大的推动作用。李延年对汉代音乐风格的形成及我国后来音乐的发展，都做出了卓越的贡献。

年轻时的李延年因犯法而受了腐刑，也就是宫刑。作为艺人的李延年身材相貌应当不差，后来汉武帝很宠爱他，李延年竟然到了可以“与上同起居”的地步，跟皇上一起同吃同住。他所受的腐刑可能与男女情事有关。其实“宫刑”最初就是为这种事情所设的，后来才宽泛地成为统治者打击异己、维护统治的重要刑罚。李延年是个“刑余之人”，受刑之后，被分配到宫中去养狗，地位极其低下。才高八斗的李延年难道就甘心这么苟延残喘凄苦一生吗？李延年可不想这样。他这才用奇谋献妹谋得恩宠，没想到竟引来灭门之祸。

第 捌 回

名曲成就千古恋　荣宠终难厮相守

我国古代的宫刑是一种残酷的刑罚。受了宫刑之辱的人，肉体和精神上都会遭受重大打击，与被砍了头的人几乎没有什么区别，只能是苟延残喘，凄苦一生。唯有极少数人能经受住这种屈辱，发愤图强，有所成就。比如，司马迁受宫刑之后，忍辱偷生，发愤图强，写出了被称为“史家之绝唱、无韵之离骚”的《史记》。受刑之后的李延年与司马迁也有得一比，他也没有就此消沉。在为宫廷养狗之余，李延年继续了他的音乐创作和歌舞。而且可能是因为受了宫刑的影响，刑后的李延年声音愈加甜美婉转，既有男性的雄浑，又具有女性的柔美。受刑之后，李延年的容貌也更显清秀俊朗。

汉武帝刘彻对音乐也是情有独钟。他在掌管雅乐的太乐官署之外，还另外创立乐府官署，专门掌管俗乐，收集民间的歌词入乐。由此可见，汉武帝对音乐的重视和喜爱。

李延年因为精通音律，擅长歌舞，渐渐在未央宫有了一些名气，很快就被汉武帝发现。汉武帝一看李延年的音乐创作和歌舞表演，发现李延年是个人才，养狗实在太可惜了。于是就改派李延年去做宫廷乐师。就这样，李延年成了宫廷乐师，有机会经常表演歌舞给汉武帝和大臣们看，渐渐得到了汉武帝的宠爱。但这个时候的李延年，依然强烈地感到自己和家族的社会地位卑下，总想着要改变命运。

怎么办呢？思来想去，李延年就想到了他的妹妹。

李延年的妹妹正值豆蔻年华，长得亭亭玉立、婀娜多姿，有沉鱼落雁之貌，闭月羞花之容。因为自小就受到哥哥李延年音乐歌舞的熏陶，她自幼便也擅长歌舞。人长得好看，又精通音律歌舞，使她与其他同龄女子比起来更增十二分妖娆。

李延年心想，只有把自己这个色艺俱佳的妹妹推荐给武帝，得到汉武帝的宠爱后，自己一家才能像皇后卫子夫一家那样成为当朝显赫的外戚。只有成为外戚，平民家庭才有机会晋爵封侯，这是彻底改变命运的捷径。

李延年之所以有这种想法，是因为在那个时候，皇后卫子夫的弟弟卫青和外甥霍去病都受到了武帝的重用，其中，卫青官至大司马大将军，而霍去病则官至大司马骠骑将军，两人都是抗击匈奴的名将，掌握着天下兵马大权，声威显赫。当时京城里有歌谣说：“生男无喜，生女无怨，独不见卫子夫霸天下。”意思是说，卫氏一门的显贵全靠了卫皇后。李延年也想像卫皇后一家那样，靠着自己的妹妹成为显赫一族。

但是妹妹与汉武帝实在是离得太远了，一辈子可能都见不上一面。李延年自忖，自己出身微贱，不便自言，何况就算自己能推荐上去，也多半难以引起武帝的注意。怎么办呢？李延年思索良久，灵机一动。他充分发挥自己的音乐才能，以妹妹为原型创作了这首著名的《北方有佳人》：

北方有佳人，
绝世而独立。
一顾倾人城，
再顾倾人国。
宁不知倾城与倾国？
佳人难再得。

这首两千多年前的古诗，如果用当下的语言来演绎，意思就是：

北方有位姑娘，
美丽举世无双。
她往城郭一望，
将士弃甲投降；
她往君王一望，
江山乖乖送上。

难道不知危亡？

只因美丽无双。

自从创作了这首歌，李延年便利用自己宫廷乐师的身份，在皇宫中天天排练演唱。汉武帝的姐姐平阳公主和不少王公大臣都欣赏过李延年表演的《北方有佳人》歌舞，也都知道了李延年有个妹妹，就是歌中所说的那种倾国倾城的女子。没多久，宫中开始传唱《北方有佳人》。大家都对歌中那位姑娘倾慕不已。慢慢地，风声就传到汉武帝的耳朵里去了。李延年这个做法，放在今天整个就是一个营销大师。他终于通过音乐这种独特的方式引起了汉武帝对他妹妹的注意。

有一天，武帝在大殿内宴请群臣，畅饮之中，召来李延年。武帝对李延年说："听说你最近创作了一首新歌，今天就给朕和各位大臣表演一下吧。"李延年知道机会终于来了，心中不禁一阵狂喜，抑制住心中的激动，拿出了平生的绝学。

李延年长袖善舞如行云流水，歌喉婉转如百灵鸟鸣，把武帝和众大臣看得是如痴如醉。当李延年唱完最后一句"佳人难再得"时，只见他衣袂飘飘，顾盼流离，一道对佳人充满憧憬的迷离眼光直射武帝，汉武帝和群臣感觉仿佛仍有绕梁的余音在耳旁回响，有美若天仙般的女子在眼前摇曳。汉武帝忍不住鼓掌大笑连声："好！好！好！"

紧接着，汉武帝就感叹道："难道世上真的有这样的女子吗？"武帝的姐姐平阳公主之前已经欣赏过李延年的表演，对李延年的妹妹有所了解，看到武帝的兴致如此之高，便顺势对武帝说：“陛下，我知道的确有这么一个女子，她就是李延年的妹妹。”

武帝一听，欣喜异常，马上下诏召见李延年的妹妹，汉武帝一见李延年的妹妹，魂就飞了，看此女果然是国色天香，不同凡响，超凡脱俗，貌美无双。真像歌中唱的倾国倾城、美丽非凡。

巧了，李延年的妹妹在音乐歌舞上的造诣丝毫也不逊于哥哥。她精通音律，擅长歌舞，悠扬婉转的歌声和翩翩欲飞的舞姿，在风韵、举止、言行等方面与那些来自名门闺秀的后宫嫔妃们相比，显得更加热情、奔放、热烈、主动，让汉武帝眼前一亮，产生一种全新的感觉。汉武帝当即将其纳入宫中，不久就封为夫人。

汉武帝和中国历史上其他的皇帝一样，后宫佳丽三千，粉黛无数，皇帝的身边从来就不缺女人。据说汉武帝晚年热衷求神访仙，又好女色。他听信方士的说法，嫌旧宫矮小，不足以迎神，同时也想使后宫可以容纳天下更多的佳丽，于是在太初元年修建了“建章宫”。建章宫周长三十里，里面可以容纳千门万户。内殿有十二个门；台阶都以美玉装饰；又用黄金铸了一个凤凰，放置在殿顶上；以金玉珠玑为帘，墙壁上嵌着夜明珠，昼夜光明；在宫北凿太液池，池中有蓬莱、方丈、瀛洲，象征海中的仙山。武帝因嫌宫殿在城外往来不便，就造了飞阁直通自己居住的未央宫，又在太后居住的长乐宫北建明光宫，在未央宫北建桂宫，都筑复道相连。选燕、赵美女两千人居住在其中，所选的良家女子，都很年轻，若年满 30 岁便遣令出嫁。当时各宫的美女，加起来共有一万八千人之多。幸运的女子几年之中有机会被武帝进幸一次，然而大多数女子终其一生也未曾见过武帝一面。

虽说武帝“阅女”无数，但从史料记载来看，武帝一生中最重要的女人只有少数几个：他的原配陈阿娇皇后，继任的卫子夫皇后以及卫子夫色衰后宠幸的王夫人，但是最宠爱的还是这位倾国倾城的李夫人。

据说自从有了李夫人，武帝竟然对后宫一万八千佳丽都不屑一顾，日夜与李夫人厮守。后宫佳丽从此都难见君王面了。

有一次，汉武帝跟李夫人在宫中卿卿我我闲坐，忽觉头皮发痒，便顺手从李夫人的头上取下一支玉簪搔头，搔得那个舒服，简直是眉飞色舞。这件事传到后宫以后，整个后宫的佳丽都东施效颦，模仿李夫人的样子，把头梳成“玉簪式”，在头上插着玉簪，以期得到武帝垂幸。后来，这种发式由宫中传到民间，一时间，长安城玉价倍增。这就是有名的“玉搔头”典故的来历。

专宠一年后，李夫人为汉武帝生下一个儿子，取名刘髆。

常言道，自古红颜多薄命。没想到李夫人在生下刘髆之后不久，竟然一病不起。可把武帝急坏了，遍召天下名医，为李夫人治病。可是，即便如此，李夫人的病也始终没有好转。慢慢地，李夫人开始形销骨立、容颜枯槁，这可愁坏了汉武帝。

第 玖 回

美人病重拒见君　武帝托孤霍子孟

李夫人病卧在床，形同枯槁，这下可急坏了汉武帝，他经常到李夫人的寝宫来看望她。而每次只要见到武帝到来，李夫人就用被子蒙住脸，哭着对武帝说：“陛下啊！臣妾病得厉害，容颜憔悴不堪，这副病恹恹的样子怎么能见陛下呢？”

汉武帝见此情景，痛惜不已。李夫人也呜咽起来：“臣妾没有想到会病得这样严重。皇上请了那么多名医为臣妾治病，却没见好转。臣妾只怕已时日无多。可是臣妾实在是有太多的牵挂割舍不下啊。一个是我年幼的儿子，还有就是我那些兄弟们，请陛下看在往日恩爱的份儿上，一定要善待他们啊。”说到此处，李夫人已经是泣不成声。

汉武帝一看，更加怜惜了：“假若真如爱妃所说，不能痊愈，那就更应该让朕见一面了。”可李夫人此时却态度异常坚决，继续推辞："都说妇人的容貌未曾修饰，不可以见君父。臣妾实在不敢以这种轻慢懈怠的态度见陛下，请不要让我失了礼节。"

身为皇帝，何曾有人如此拒绝过他的要求？汉武帝这时已有了些许恼意，只见他微怒道："如果爱妃现在让朕见上一面的话，朕立即赏赐你千金，给你的儿子封王，给你的兄弟尊贵的官职，满足你的愿望，如何？"

尽管武帝的话已经说到这个份儿上了，但李夫人只是低低地啜泣："授不授官，是否答应臣妾的请求，这跟陛下见不见臣妾的面容没有关系。臣妾不肯见陛下，是怕陛下见到臣妾这个样子伤心失望。请陛下原谅。"

汉武帝听了这话，还是坚持一定要见她一面。但李夫人已在床上转过身，背对着他，任凭武帝如何呼唤，只是叹息流泪，不再说话。

身为一朝天子，竟然想见自己爱妃一面都不行。汉武帝一怒之下，拂袖而去。这一走，自然是满脸的不愉快。正巧李夫人的姐妹入宫来探病，见此情形，非常诧异，深感不安。等汉武帝走后，便到李夫人床前询问："陛下这么宠爱你，对你可以说是言听计从，你要是想把孩子和兄弟托付给他，就应该让他见你一面啊，这本来是很简单的事情，为什么要如此违忤陛下的意愿呢？"

李夫人叹了口气，满腔幽怨地对姐妹们说："你们有所不知。我不让陛下见我的原因，正是因为要把兄弟和孩子托付于他。我出身卑微，陛下之所以宠爱我、眷恋我，不都是因为我的美丽容貌吗？自古以色事人者，色衰则爱弛，爱弛则恩绝。靠容貌得到的宠爱终究不能长久，一旦容颜衰去，青春不在，这宠爱自然会淡去。当陛下不再宠爱你时，也便不再有了恩情。现在我已经病重，容貌也不再像当年一样倾国倾城，陛下若是见到我此时的容貌，必然会对我心生厌恶，怎么还会答应我的请求，在我死去后照顾我的孩子和兄弟呢？”

李夫人在病重之时能够说出这样一番话，可见她并不是一个空有外表的花瓶，而是一位有见地和胆识的女性。在她生命的最后时刻，她依然在用自己的智慧，为自己的孩子与兄弟铺就一条通向光明的大道。

之后不久，李夫人病逝。一代美人就此香消玉殒。结局果然不出李夫人所料，她病中拒绝与汉武帝见面的举动，反而激起了汉武帝对她无限的思念。汉武帝将李夫人以皇后礼安葬，还命画师将她生前的容貌画下来，挂在自己经常去住的甘泉宫中，以寄托哀思。

汉武帝在李夫人去世后很长一段时间，经常睹物思人，想起李夫人。他先后亲自做了《落叶哀蝉曲》和《悼李夫人赋》，以怀念李夫人。

汉武帝的《悼李夫人赋》是中国文学史上第一篇悼亡赋，在辞赋题材方面具有开拓意义。这首赋触景生情，淋漓尽致地表现了汉武帝对李夫人的无限思恋。后来，汉武帝在向霍光交代身后事的时候，特别交代霍光要把李夫人的墓迁到自己的墓边上，让她继续陪伴在身旁。这等于是让李夫人享受皇后的祭祀了。

汉武帝与李夫人这一段倾国倾城之恋，堪称是汉代版的“人鬼情未了”。

李夫人死后，汉武帝果然不负誓约，善待她的儿子和兄弟。李夫人的儿子刘髆后来被封在天下最富饶的齐鲁之地当昌邑王；李夫人的哥哥李延年被封为协律都尉，主管朝廷音乐；李夫人的另一个哥哥李广利，精通弓马，先被封为“贰师将军”，率军夺取大宛国贰师城的汗血宝马，后又被封为海西侯。

李夫人之子昌邑王刘髆生有一子，就是刘贺。公元前88年，昌邑王刘髆死后，武帝让5岁的刘贺子袭父爵，成为第二代昌邑王。也就是霍光要立为新君的这位。因为刘贺与汉武帝李夫人这层特殊的关系，所以霍光在汉昭帝刘弗陵驾崩后，选择了刘贺继皇帝位。昌邑王刘贺能够称帝，这与汉武帝对李夫人的誓约有重大关联，也与汉武帝当年托孤时对霍光交代的身后事有直接的联系。

作为昌邑王刘贺又怎么样呢？他身为汉武帝与李夫人之孙，原本是不太受人关注的。突然之间，却因当朝大司马大将军霍光的力荐，而成为皇位继承人，着实让大家吃了一惊。就连在昌邑王的位子上悠哉享受的刘贺本人做梦也没有想到，自己的命运已经在转瞬间发生了惊天变化。

本来满朝文武大多数人开始都是支持孝武皇帝仅存在世的儿子、广陵王刘胥继承皇位的，可当大司马大将军霍光的意见明朗时，大臣们又纷纷转而支持昌邑王刘贺。可见，霍光在当朝的影响力绝对是一言九鼎。甭说刘弗陵不在了，即使是刘弗陵在世的时候，很多时候，他这个皇帝也得看霍光的脸色说话。

霍光在辅佐刘弗陵的十三年中，实际上掌握着当时汉室王朝的最高权力，除了不是名义上的皇帝，在权力上却与皇帝相差无几，甚至还管着皇帝。

为什么霍光能有如此大的权力，以至于能左右皇位的人选呢？这就得从汉武帝将霍光选为托孤之臣说起了。

霍光字子孟，他是一个非常有城府的人，十几岁就跟随自己同父异母的哥哥大司马骠骑将军霍去病来到长安，有幸服侍皇帝。在武帝身边几十年，他善于察言观色，机敏过人。他出入禁宫二十余年，未尝有误，每次出入殿门，脚步都落在相同之处，旁人暗中仔细查看，发现每次竟然分毫不差。霍光二十余年如一日的小心谨慎博得了汉武帝的信任，两人之间甚至有了一种超出一般君臣之间的深厚感情。

武帝晚年曾经赐予霍光一幅周公辅佐成王图。这周公还了得！他是西周初年著名的辅政大臣，大公无私，辅佐年幼即位的周成王，为西周百年事业奠定了基础。汉武帝把这幅画赐予霍光，其中深意不言自明。

前文书咱们说过，由于“巫蛊之祸”，太子刘据最终自缢而亡。汉武帝在得知真相以后，悲恸不已。这时候，武帝已经年老，却没了太子。当时还在世的几位皇子之中，燕王刘旦、广陵王刘胥因为失德不受武帝重视，而昌邑王刘髆因牵扯进李广利、刘屈氂谋立太子事件，也无缘太子之位。到最后，汉武帝能立为太子继承皇位的，只剩下最小的儿子——宠姬钩弋夫人赵氏所生的刘弗陵了。

公元前 87 年，已届古稀之龄的汉武帝病情加重。有一天，汉武帝召霍光和金日磾、上官桀、桑弘羊等朝臣前来。霍光见武帝的病情如此严重，内心一颤，眼泪不由自主地流下来。几个人赶紧撩衣襟，扑通一声，跪倒在武帝的病榻前。霍光哽咽着说："陛下，您可要保住龙体啊！泱泱大汉可不能一刻离开我主！"

第拾回

夙兴待旦辅幼主　同室操戈惑帝聪

汉武帝这是病榻前要托孤。他趁自己还比较清醒，很明确地对霍光说："先前，朕不是赐予你一幅周公背着成王受诸侯朝见的画嘛，难道你没明白朕的意思吗？朕意欲传位给太子，而你要像周公辅佐幼主那样辅佐他。"霍光一听，甚为震惊，赶紧跪下叩头，说："臣不堪此重任，还请陛下收回成命，不如选择金日磾大人。"原来金日磾跟霍光一样，都是服侍武帝多年的近臣，深得武帝喜爱。

金日磾往前赶紧跪爬半步，说："陛下，臣是匈奴人，若是如霍大人所言那样去做，会让匈奴轻视我大汉的。陛下英明，还是霍大人最合适。"霍光与金日磾谦让了半天，最后，汉武帝任命霍光为大司马大将军，金日磾为车骑将军，太仆上官桀为左将军，治粟都尉。这都什么官？大司马大将军，也就是总领朝政和天下军马的官，那可是一人之下、众臣之上的国家柱石之臣！车骑将军协助大将军管军事，是大将军的左膀右臂。而左将军则主管某一方面的军事，比如守卫京师或守卫边境，等等。太仆，就是主管皇帝车辆、马匹的官，兼管官府的畜牧业。治粟都尉，掌管的是生产军粮等事。武帝又命桑弘羊为御史大夫，御史大夫负责监察百官，位置也十分重要。霍光、金日磾、上官桀、桑弘羊四人都在汉武帝卧室床前下拜受封，接受遗诏辅佐少主刘弗陵。汉武帝随后又单独给霍光交代了几件事，第二天就去世了。按照汉武帝的遗诏，年仅 8岁的太子刘弗陵登基为帝，就是历史上的汉昭帝。因皇帝年幼，国家大事都由大司马大将军霍光代为决断。身为托孤重臣，霍光接受汉武帝遗诏后，担负起了辅佐幼主、治理国家的重任。他心忧汉室江山社稷，时刻关注朝廷安危，勤恳谨慎，丝毫不敢懈怠，成为国家柱石之臣。

在经过汉武帝时期的穷兵黩武、劳民伤财后，霍光以“匡国家，安社稷”为己任，制定了一系列安抚百姓的办法。第一，要各郡县推荐贤良的人才；第二，查办失职的官员；第三，为受诬陷的人申冤；第四，安抚疾苦的贫民。为了发展农业生产，每当春耕时，霍光就派人到各地去查看生产情况，让地方政府把种子和粮食贷给缺粮少籽儿的贫民。到了秋收时节，他又颁布政令：“春天借给贫民的种子、粮食，不再收回了，今年的田租税也一概免了。”贫苦百姓接到朝廷的诏令后，喜出望外地奔走相告，都说：“又一个汉文帝来了！”后来，百姓们知道这一切都是大司马大将军霍光辅佐朝政后的善举，对他大加赞赏，霍光的威望日益高涨。

然而，霍光当政，也招来了其他想争权的朝廷大臣的怨恨。第一个政敌就是左将军上官桀，他也是汉武帝的托孤大臣。上官桀和霍光本是儿女亲家，他的儿子上官安娶了霍光的女儿。上官桀的孙女也就是霍光的外孙女，和昭帝刘弗陵年龄相仿。为了能成为外戚后谋求更大的权力，上官桀想把孙女嫁给昭帝，这样将来有望立为皇后，自己也将成为汉室最显赫的外戚。上官桀父子为此事和霍光商量，霍光却说："你的孙女，也是我的外孙女，现在才 6岁，这么小就送进宫去，很不合适，朝中的其他官员会有非议的。"虽说，无论是为国，还是为了他的外孙女，霍光此举都是出于好意，可上官桀和其子上官安却为此事结怨于霍光，处处给他找麻烦。

上官桀父子被霍光拒绝后，并没有死心，而是想办法另找门路，一心要把 6岁的女儿送进宫去。彼时汉昭帝母亲已死，他的生活由姐姐鄂邑长公主照顾。鄂邑长公主是汉武帝刘彻之女，武帝朝封为鄂邑公主，昭帝朝封为长公主，为刘弗陵同父异母的姐姐。由于姐姐照顾他，所以刘弗陵一直很听鄂邑长公主的话。于是，上官桀就托鄂邑长公主的情夫丁外人在公主旁边鼓动刘弗陵娶亲一事。鄂邑长公主听了丁外人的话，自然同意。小皇帝刘弗陵此时也只是一个小孩子，见姐姐鄂邑长公主同意了，也就不反对。这样上官桀的孙女顺利入了宫，只几个月的时间就被立为了皇后。

这样一来，上官桀父子就成了皇亲国戚，在朝廷更加位尊势盛了。上官安因女儿贵为皇后，而被升为车骑将军，封桑乐侯。上官桀父子非常感激鄂邑长公主和丁外人的帮助，总想加以报答，于是就想为丁外人请求封侯。当他们与霍光商量此事时，霍光坦率地对上官桀说："太祖高皇帝在世时就立下了'无功不得封侯'的规矩，现在丁外人没有为朝廷立什么功，你们要封他为侯，又拿不出为他求封的理由，这怎么能行呢？"不论上官桀父子怎么说，霍光就是不同意。

上官桀无可奈何，只得降低要求说："那就封丁外人为光禄大夫总可以吧！"霍光不顾情面断然地拒绝说："那也不行，丁外人在朝廷里声名狼藉，什么官爵都不能封，请你以后不要再提了。"其实霍光这也是公事公办，没有什么不对的。

上官桀父子在霍光那里几次碰壁，又气愤又羞愧，就跑到鄂邑长公主和丁外人那儿煽动说："霍光这人，对丁外人有很大的意见，还说就是不封他为官。"这下，鄂邑长公主和丁外人也把霍光恨得咬牙切齿。

为了拔除眼中钉，他们想办法排挤霍光。上官桀父子和鄂邑长公主等人开始暗地里联络朝中反对霍光的力量。

当时还有个托孤之臣，就是担任御史大夫的桑弘羊。在汉武帝时期，他曾建议创立盐铁官营、酒类专卖等制度，为朝廷增加了财富。加上他又善于理财，多次给国家开辟财源。有了这份为朝廷立过大功的资本，桑弘羊就想靠着以前自己的功绩，为子孙在朝廷里谋求一官半职。可霍光对桑弘羊的请求也不答应，并说："你有功劳，朝廷赏赐你是应该的，但是你的子孙不能靠你的功劳做官，他们必须凭自己的本事才行。”

晚年的桑弘羊居功自傲，在政见上和霍光已发生了严重分歧，认为霍光是有意刁难，气愤不已。这样一来，霍光在朝中树立的政敌越来越多。他们一个个都谋划着，想把霍光扳倒，好掌控政权。他们还联合了燕王刘旦。刘旦也是汉武帝的儿子，曾自荐太子，结果反被汉武帝严厉惩罚了一番。没有当上太子和皇帝，刘旦心里一直是怨恨不已，当然想把弟弟刘弗陵赶下皇位，自己当皇帝。于是，反对霍光的势力和燕王刘旦相勾结，密谋策划先挤垮霍光，再废掉刘弗陵，然后拥立燕王为帝。燕王刘旦一听，心花怒放，恨不得马上当皇帝，于是催上官桀等人早点儿想办法动手。

有一天，霍光出长安城去检阅御林军操练，调了一个校尉到大将军府里协办公务。这校尉又是个什么官职呢？校尉是汉朝的武官，是个仅次于将军的官职。说重要却又没那么重要，相当于今天重要领导人的大秘。调动校尉，按说是要和其他辅政大臣商量一下，但霍光是大将军，他决定了也可以。但是上官桀他们却不这么看。上官桀等人一看机会来了。他们假冒燕王刘旦的名义给昭帝上疏，状告霍光。说霍光出城集合御林军操练，一路上耀武扬威，坐着皇帝出巡一般的车马，违反礼仪规定，丝毫没有臣子的样子。还控告霍光擅自做主，私自调用校尉，图谋不轨。

上官桀偷偷地将这份奏折呈报给了昭帝，打算待昭帝批阅之后，乘机把这事交给下面主管部门处理，桑弘羊则与其他大臣一起逼迫霍光辞官。

昭帝看了诏书，想了半天，最后却将奏章搁置在一旁，没做任何反应。上官桀再次入宫探问情况。可昭帝只是淡淡的一笑，没言语。这事闹得，什么没问出来，上官桀讪不搭的又回来了。

第二天霍光上朝，听说自己被燕王刘旦状告的事。虽然他素来沉稳，但此时也有些担心，他不知道皇帝怎么想，就前往殿西画室中坐等消息。画室里挂着的正是周公辅成王的图画，霍光在这里坐着，自有深意。昭帝一上朝，没有看见霍光，马上问："大将军因何不朝？"上官桀立即回答："启奏陛下，大将军因被燕王告发，心虚不敢进来了。"

小皇帝刘弗陵此时沉着脸，把手一招，吩咐人："去把大将军请来，见朕！"

第 拾壹 回

图帝位反被帝诛　无野心却登大宝

上官桀朝堂上弹劾霍光，本来以为皇帝年轻，又联合了很多宗亲老臣，会非常容易就把霍光官职罢免，甚至得满门抄斩。没想到，皇帝非要亲自召见霍光，看样子他要来个龙楼御审。满朝文武谁也不知道小皇帝怎么打算的。霍光听到皇帝召见之后，怀着忐忑不安的心情入朝。还真害怕啊？那是啊，这就是那个年代，君要臣死，臣不得不死，毕竟伴君如伴虎呀！

只见霍光来到殿上，摘下帽子，托在手中，叩头请罪说："陛下，老臣罪该万死！请陛下治罪。"刘弗陵当着满朝文武的面，轻轻地点了点头，对霍光说："大将军戴上帽子吧。老爱卿，请起。朕知道这封告状信是假的，你没有过错。何罪之有呀？"

霍光听了小皇帝的话后，又惊又喜，下意识地问了一句："陛下何以知之？"

刘弗陵就说了：“你出京城去阅兵，只是最近几天的事，调用校尉也不过十来天，可是燕王远在北方，怎么就知道了呢？就算知道了，马上写信派人送来，现在也到不了。如果大将军真的要作乱，也用不着调遣一个校尉。这件事明摆着是有人想陷害你。”

哎呀！这皇帝刘弗陵毕竟还只是一个 14 岁的孩子啊，他竟把问题分析得如此透彻，这让霍光和朝臣们都很惊讶。随后，那个上疏的人果然就逃跑了。于是，刘弗陵下令紧急追捕逃犯。上官桀等人焦急不安，怕查下去会暴露自己的阴谋，就劝皇帝刘弗陵说：“这点小事就算了，不必再追查了吧！”而刘弗陵不仅没有松口，反而更加疏远上官桀等人了。

上官桀等人这次陷害霍光的目的没有达到，他们并没有就此罢休。还是经常在皇帝刘弗陵面前说霍光的坏话，刘弗陵不仅不听他们的，反而大发脾气，警告他们说：“大将军是忠臣，先帝临终前托他辅佐朕治理国家。他办了很多好事，这是天下臣民有目共睹的。以后再有人诽谤他，朕一定要从严惩处。”这样一来，上官桀等人想借小皇帝之手来除掉霍光的阴谋就彻底破产了。

上官桀等人的阴谋被揭穿之后，准备发动武装政变。他们计划，由鄂邑长公主设宴邀请霍光赴宴，命埋伏的兵士将霍光杀掉，最后废除刘弗陵的帝位，由燕王刘旦取而代之。

鄂邑长公主门下管理稻田租税的稻田使者燕仓知道了他们的阴谋，向丞相杨敞告发，杨敞又密告了谏大夫杜延年。于是，刘弗陵、霍光掌握了上官桀等人的武装政变计划。在政变发动之前，小皇帝刘弗陵和霍光先发制人，将上官桀、桑弘羊等策划政变的大臣通通逮捕，诛灭了他们的家族。长公主、燕王刘旦自知不得赦免，先后被赐死，自杀身亡。9岁的上官皇后因为年纪幼小，又是霍光的外孙女，所以未被废黜。

平定了上官桀等人的政变阴谋后，霍光得到刘弗陵的全面信任。从此，霍光权倾朝野，威震海内。霍氏家族日益显赫。霍光的儿子霍禹、侄子霍云是统率宫卫郎官的中郎将；霍云的弟弟霍山官任奉车都尉侍中，掌管皇帝车马出行安全；两个女婿分别担任东宫和西宫的卫尉，掌管了整个皇宫的警卫；霍光的堂兄弟、其他亲戚也都担任了朝廷的重要职位，形成了一张盘根错节、遍布朝廷的庞大的势力网。至此，霍光已经成为当时大汉实际上的最高统治者。

刘弗陵在位十三年，在霍光的辅政下，政权得到进一步巩固，为后世社会的安定和发展都奠定了一定基础。霍光采取与民“休养生息”的措施，多次大赦天下，鼓励农耕，使得汉朝国力得到一定的恢复。比如，请德才兼备的人到朝廷来任官，以补官员的不足；严惩违法犯罪的人，而对百姓却尽量宽和，让百姓能够休养生息；对外也缓和了同匈奴的关系，恢复了和亲政策。

这段时期和后来的宣帝一朝，史上合称“昭宣中兴”。史家认为，西汉自文景之治后，武帝所耗空的国力在这段时间得到了较好的恢复，一度国力衰退的西汉王朝又兴盛起来。作为汉武帝亲自选定的辅政大臣，辅佐昭帝刘弗陵的霍光毫无疑问是一个忠于汉武帝、忠于汉室江山的忠臣，是一个能够担当匡扶社稷重任的能臣，却也是一个善于玩弄权术的权臣。他在辅佐昭帝刘弗陵期间，可谓是权倾朝野，一手遮天。

汉武帝最初将幼小的刘弗陵托付给霍光，送给霍光“周公背成王”的那幅画，意思是说要让霍光辅佐刘弗陵，待到刘弗陵长大成人以后，再将朝政归还。可到了刘弗陵行成年冠礼理应亲政时，国家的政事依然如前，全部由霍光决断，这就与武帝当年的瞩望相差甚远了。

虽然霍光认为昭帝的身体虚弱，不足以承担亲政的劳累，自己这样做是为昭帝好。但霍光迟迟没有还政与帝的做法，还是被大臣们所诟病。昭帝刘弗陵在位十三年，大多数时候，更像一个傀儡皇帝。

武帝晚年之时，念念不忘李夫人临终时的嘱托，并在自己临终之时又将这份嘱托转托付于霍光。霍光在昭帝刘弗陵即位以后，按照武帝遗愿为汉武帝早卒的宠妃李夫人配祭宗庙，追加尊号为“孝武皇后”，将李夫人墓迁至武帝的陵墓“茂陵”作为陪葬墓。对于武帝的临终嘱托，霍光不仅尽心尽力辅佐幼主刘弗陵，还遵从汉武帝的遗愿，善待了李夫人的后代刘贺这一脉。昭帝刘弗陵突然驾崩之后，霍光记起当年武帝曾经说过“生子当置于齐鲁之地，以感化其礼仪”，于是便以遵从先主遗命为理由，拥立昌邑王刘贺继位。

那么这个刘贺到底是何许人呢？为什么霍光要立他为帝呢？

其实刘贺的命也很苦呀。他继承昌邑王位的时候才 5岁。他父亲刘髆是武帝的第五个儿子。要说刘髆本人倒是比较本分的。他虽然很早便被封王，但由于长期生活在孔孟之乡的齐鲁之地，深受儒家忠君思想的熏陶，对朝廷忠心耿耿，行为谦卑，丝毫不敢有忤逆之心。尽管舅舅李广利联合刘屈氂谋立他为太子一事以失败而告终，但刘髆本人并没有受到什么牵连。一方面可能因为他是汉武帝最挚爱的李夫人之子，武帝曾经对李夫人有过誓约要善待她的后人；另一方面可能也得益于他不像燕王刘旦那样有觊觎最高权位之心，武帝对他还是比较放心，所以没有让他受到李广利和刘屈氂谋立太子事件的牵连。可是经过这么一遭，刘髆整日郁郁寡欢。最后，他竟在公元前 88 年去世，比他的父亲武帝还要早去世一年。刘髆去世后，其子刘贺继承了昌邑王位。

刘贺是刘髆唯一的儿子。据说，当年刘贺出生时哭个不停。刘髆把孩子抱起来后，说也奇怪，刘贺这孩子在刘髆的怀中不哭不闹，而且睁眼盯着父亲，神情愉悦。刘髆好奇地仔细端详，只见这孩子虎头虎脑，双目黑亮有神。更让刘髆感到欣慰的是，这孩子的长相似乎继承了汉武帝和李夫人的优点。壮实的体格、宽阔饱满的前额、轮廓分明的线条来自汉武帝，而浓眉下那对活泼灵动的眼睛则像极了李夫人。刘髆紧紧抱着儿子，为感恩上天赐予的这份贺礼，为爱子取名为“贺”，在对他宠爱有加的同时，也寄予了莫大的期望。

刘贺很小的时候，父亲就开始对他灌输孔孟之道，对幼小的刘贺管教得一直比较严厉。但刘贺的母亲则刚好和刘髆相反，对刘贺自小就百般溺爱。武帝时期“罢黜百家，独尊儒术”，昌邑国儒风盛行。刘贺生长在这儿，从小接受皇族的教育，熟读五经，宽以待人，崇尚孔孟。作为将来昌邑王位的继承者，刘髆对他的学习要求严苛，为他请了最有学问的老师授课，经常灌输他“仁者爱人”等大同思想，培养他仁、义、礼、智、信等性情德行。虽然每每一脱离父亲的视线，刘贺就会在母亲的娇宠下尽情玩耍，但5岁之前的刘贺在父亲的管教下，还是乖巧万分。

有一次，他随父亲参加了汉武帝的泰山封禅大典，第一次走进了汉武帝和霍光的视野。

第 拾贰 回

泰山封禅祖孙初识　冲龄践祚独自理政

汉武帝刘彻第六次在泰山行封禅大典，昌邑王刘髆和刘贺父子二人也参加了。那么到底封禅是怎么回事呢？原来，封就是“祭天”，禅就是“祭地”，它是中国古代帝王在太平盛世或天降祥瑞之时的祭祀典礼，较为著名的封禅大典主要有秦始皇的泰山封禅和汉武帝的泰山封禅。其中，汉武帝的封禅次数最多，前后共到泰山封禅六次。

在中国古代，每一次的封禅大典都像是一次盛大的国庆，各诸侯王和朝中大臣随驾参加，万民争相观礼。很多人把能参加封禅大典视为光宗耀祖之事。因为昌邑国封国所在地就在山东，刘贺于是才有幸在幼年时参加了汉武帝人生中的最后一次泰山封禅大典。

那是在公元前89年，地处齐鲁之地的泰山，正值秋季，天色微明，秋风瑟瑟，寒蝉凄切。前往泰山的道路早早被威严的侍卫站满，戒备森严。泰山下已用五色土做好祭坛，坛宽一丈二，高九尺，坛上放着进贡礼节用的奇兽飞禽和白雉，坛下放着玉简。坛前长长的红毯也已铺好，焚香缭绕，婉转儒雅的乐舞声萦绕着整个泰山。盛大恢宏的泰山封禅仪式即将开始，不远处，一列队伍浩浩荡荡地行进过来，只见被仪仗扈从前拥后簇、车乘相衔、旌旗猎猎。正中央，一辆耀眼的玉辂（玉辂：古代帝王所乘之车，以玉为饰。）正是武帝的乘辇。随着宣召官一声“趋”，功臣、列侯、将军顿时一片肃穆。武帝下辇开始祭天仪式，诸侯王以下至领六百石薪金的文武官员开始依次行礼。

小小的刘贺与父亲昌邑王刘髆一起站在诸侯王当中，兴奋好奇地看着眼前的一切。别看平日里小刘贺顽劣成性，但在这隆重威严的场面里却格外地拘谨肃然。他跟随父亲与诸侯王一起行礼，鞠躬，唱诵，各种仪式礼节竟然丝毫不逊于旁人。小刘贺大方得体的举止引得众人暗暗称赞。

泰山封禅结束后，按规制举办晚宴。诸侯王以及朝中大臣按照地位尊卑依次向武帝朝贺。小刘贺竟然也拿起小酒杯步出座位，来到武帝跟前，用稚嫩的童音说道：“孙儿刘贺敬皇爷爷千秋万福！”

汉武帝在之前的祭祀典礼上本就注意到了幼小的刘贺，对他在封禅大典中从容不迫的举止印象颇为深刻。这会儿见刘贺在文武百官齐聚的晚宴上竟然像小大人一样，武帝不禁大喜，赞道：“果真是生子当置于齐鲁之地啊！孔孟之乡，很懂礼节啊。”转而对侍奉左右的霍光说道："你说是不是？"

霍光赶紧迎合道："殿下小小年纪，在这盛大的典礼中能做到如此泰然，真是让人敬佩！"随后对刘贺行了一个大礼。

当时的刘贺绝对想不到，这位沉默寡言、如影随形地跟着皇爷爷的人，在后来竟然是操控着自己命运的关键人物。这也是霍光第一次正视刘贺，对小刘贺有了初步的印象。

这次封禅大典在幼小的刘贺心里深深地留下了一个烙印。他第一次深切地感受到了大汉皇帝的威仪，幼小的心里竟然开始有了像皇爷爷武帝那样睥睨天下的憧憬。经历这次泰山封禅后不久，刘贺的父亲刘髆去世。5岁的刘贺继任了昌邑王位。此后不久，小刘贺又再次引起了他的爷爷、当朝皇帝刘彻的注意。

封禅泰山的第二年，岁末寒冬，鹅毛大雪漫天飞舞，正是岁旦时分。各地诸侯王按照惯例进宫，向年迈的武帝贺岁。刚刚接任昌邑王位不久的小昌邑王刘贺也在属臣的陪伴下进了宫。

在漫天飞舞的大雪中，等候武帝召见的诸侯王们都拢着双手，围着火盆不愿离开一步。但是5岁的刘贺看到纷飞的大雪却欢呼雀跃。待雪稍停，刘贺便让侍臣陪他去雪地里比赛堆"将军"，谁堆的雪人最像将军，谁就可以扮演皇帝。不一会儿，其他人受不了手冷，为图个快，马马虎虎地就完工了，刘贺却越堆越来劲儿。结果，大家一致认为，刘贺堆的这位长着胡子，挂着宝剑的"将军"最为活灵活现，他当之无愧获得了第一名。

"我像皇爷爷一样当皇帝喽！我像皇爷爷一样当皇帝喽！"小刘贺得意扬扬地欢呼起来。"喂，你们都跪下，听皇帝圣旨。"

他学着爷爷武帝的腔调，摆好皇帝的架势，还“嗖”地一下抽出“宝剑”，指着大家说：“我要像皇爷爷一样，当一个威风凛凛的大皇帝，建立我大汉朝千秋大业！”

小刘贺堆雪人、扮皇帝这一幕碰巧让已近古稀之年的武帝刘彻给看见了。武帝从刘贺有些顽皮又不失率真的行为中，仿佛看到了自己儿时的影子，便把刘贺招到跟前来。而刘贺见到真的皇帝也不敢再叫闹了，连忙给武帝跪下。

武帝仔细打量刘贺，认出了封禅大典时的那个幼小的孙儿：“哈哈，你是贺儿，又长高了不少。”刘贺倒也大方，赶紧行礼道：“孙儿参见皇爷爷，皇爷爷万岁万岁万万岁！”

汉武帝近距离凝看刘贺，只见一张带着稚气的白皙的脸庞，肉嘟嘟的，可爱得很。水灵灵一双大眼睛，炯炯有神。嘴角微微上扬，有一种天生的傲气。嗯？武帝好像突然发现，小刘贺的眉宇之间，似乎看到了已故爱妃李夫人的影子。他不由得用手抚摸着刘贺的头，忍不住慈爱地问：“你这样不冷吗？”刘贺赶紧回答道：“不冷，我是男子汉，不怕冷。”这个回答让武帝很是赞许：“嗯，男儿当如此。你平时读书吗？”

小刘贺接着回答说：“读啊。父王以前经常带我到孔庙里向一个长胡子爷爷叩头，那个长胡子爷爷是孔圣人。父王说给孔圣人下跪就会读书，还让我背他的书。”

“那你都会读什么呢？”

“仁者乐山，智者乐水。我喜欢玩水，我是不是也是个智者啊？”这番话逗得年迈的汉武帝哈哈大笑起来。

此后，武帝不禁对这个顽皮率真的小孙儿起了宠爱之心。刘贺在长安皇宫的时候，武帝常让他陪伴左右，有时巡游、狩猎也被武帝带在身边。就这样，刘贺得以和他的爷爷武帝刘彻在一起度过了一段时间。

本来，幼小的刘贺如果在武帝身边的日子能够长一些的话，他是有可能学到些许治国之道的。然而不幸的是，公元前 87 年 2 月，武帝驾崩，享年 71 岁，3 月葬于茂陵。

时任昌邑王的刘贺经历了武帝盛大的国丧之礼，幼小的心灵再次经受了强烈的震撼。皇爷爷的离去，他感到好像天塌了一般，不到 6 岁的刘贺很是忧伤了一阵。

刘贺 5 岁丧父，不到 6 岁，他最崇敬的皇爷爷武帝又驾鹤西去。在短短一年多的时间内，经历了人生两次重大的变故。刘髆去世下葬时没有像当时其他诸侯王那样厚葬，仅仅带走了一千多件青铜器、玉璧等较为普通的陪葬品，而将所有贵重的财产，包括朝廷赏赐的马蹄金和舅舅李广利当年馈赠给自己的马蹄金等珍宝，都留给了刘贺。真是可怜天下父母心！刘贺的母亲怜悯刘贺幼年丧父，对他更加百依百顺，宠溺异常，生怕他受一点点委屈。可是对在刘贺身上表现得越来越明显的不爱学习、喜爱玩乐的性情，却基本上是放纵不管，偶尔唠叨几句，也根本起不到丝毫的作用。

刘贺 10 岁那年，母亲也因病故去。太难了，有母亲健在时，刘贺不仅能耍点儿小脾气，很多事情也是母亲帮忙出主意、做决定，他还不需要花什么心思。可如今，自己孑然一身，刘贺没有了双亲的呵护与指教，只能自然成长了。10岁的刘贺，就得独当一面，昌邑国虽然不大，那也有相当于今天半个山东省的范围，每天都好多事情。小刘贺又当如何应付呢？咱们下回再说。

第 拾叁 回

昌邑王进京献宝　选金山开石建墓

年幼刘贺失双亲，冲龄孩童掌国柄；
二老膝前难欢绕，父责母训羡旁人。
多少悲欢苦与乐，全副倾与少年人；
银髯白发回首望，苦笑一声辞世人。

小刘贺虽为皇亲贵胄，年仅10岁就父母双亡。小小年纪怎么执掌昌邑国？好在当年辅佐他父亲刘髆的不少谋臣仍留在身边为他出谋划策，帮助他操持处理昌邑国的大小事务。

就在公元前81年夏末的一天，终日陪伴在刘贺身边的老师王式问刘贺："大王，八月将至，祭祀高祖庙的活动快开始了，这次派何人前往京城向宗庙进贡酎金呢？"刘贺哪懂这个啊，一脸茫然，问王式："酎金为何物？寡人此前并未听说过此事啊！"王式耐心地解释道："大王，'酎'是指皇上祭祀时喝的一种酒。

孝文帝时，每年秋八月要在京城祭祀高祖，皇上要献饮酎酒。同时，诸侯王都要献金助祭，这种助祭的献金就被称为酎金。当年孝武帝制《酎金律》，诸侯王、列侯都要根据自己的封地内人口数量献上酎金，每一千口献酎金为四两。所交酎金，皇上亲临接受诸侯王和列侯的献酎，但是检验则交由少府负责，要求金子的成色必须要好，分量必须要足。”

刘贺一听要向京城里的皇帝献金子就有点纳闷了，连忙问王式："陛下坐拥广阔疆域，物华天宝皆为囊中之物，宫中金银财宝不计其数，怎么还需要我们王侯每年进贡如此多的金子呢？”王式听到刘贺问出如此天真的问题，感到又好笑又担忧，他盘算着怎么给大王解释这事呢？

思索了半天，王式想起了一件旧事，于是他笑着对刘贺说："大王，这事得从孝武帝元鼎五年说起。那一年，诸侯王、列侯去京城献‘酎金’，由于有些王侯偷工减料，‘酎金’的分量不足和成色不好，您的皇爷爷大怒之下废黜了列侯106人的官职……”刘贺一听到“皇爷爷”三个字立刻警醒了，还没等王式把故事讲完，他立马接过话茬儿："既然是让皇爷爷如此重视的事情，那我们一定要好好地办。”然后他伸出小手，摆弄着指头，认认真真地计算着什么。过了一小会儿，刘贺对王式说："还有四十余天就要进京献酎金了，金饼和金块可有准备好？”王式很快回答道："大王放心，一切已经安排妥当，就等大王安排使臣了。”

小刘贺的脑中还回荡着王式讲的，“分量不足”“成色不好”这两个事呢。他赶紧问："我们的酎金数量有多少？成色如何？

往年进贡时可曾让陛下不满意吗？……”噼里啪啦抛出一连串问题的刘贺不等王式回答，就又自言自语地说道：“还是带我亲自去看看那些酎金吧！”

王式陪着刘贺来到钱库中查验准备献祭的酎金。刘贺仔细掂量着手中的金饼，瞪着圆溜溜的大眼睛，左瞧瞧，右看看，还将金饼的一个小角塞进嘴里，用还未完全换完的乳牙咬了咬……经过一番“专业”鉴定，刘贺得出了结论：“不行不行，我们的酎金成色还不够好，本王献祭的必须是成色最好的酎金。”

这下轮到王式纳闷了：“大王，这些酎金就是用昌邑国目前最高的技艺冶炼而成，纯度已属最高的了……”王式本想继续解释，但刘贺非常果断地打断了王式的话：“非也。老师不必多言，此成色连本王这关都没通过，更别提皇宫中少府的人了。我们要精益求精，呈上最优质的黄金，以示对先皇列祖列宗的崇敬和缅怀。请在昌邑国另寻技艺精湛的冶金大师，赶紧操办，不可懈怠。”

刘贺一声令下，许多炼金匠人纷纷毛遂自荐，刘贺很快找到了合适的人选。于是，制作酎金的工作便马不停蹄、如火如荼地开始了。虽然时间紧迫，但是在刘贺的监督下，终于在规定的时间内完成了这份艰巨的工作。刘贺看着新制成的金饼和金板，成色十足，光鲜夺目，自觉十分满意，心中很是得意。

眼看着进京的日期一天天迫近，刘贺还没说出选何人为使臣。王式屡次问询，刘贺总是做个鬼脸，狡黠地对他笑笑不说话了。嗨！把王式急坏了，心想，您倒是安排人啊。马上就要进京了，刘贺才对众臣宣布：“此次进京献祭，本王决定亲自前往。”

大臣们一阵哗然，心想，我家大王不简单，都在心中为他竖起了大拇指。为什么？在那个年代，藩王不能随便进京，这里有很多危险。刘贺呢，却丝毫不在乎，他也年纪小，所以很多大臣都很佩服他。

八月中秋的清晨，刘贺带着酎金出现在高祖庙前。虽说他才刚满 10 岁，但是他那器宇轩昂的气质、威严庄重的气场不输任何比他年长的王公大臣。刘贺阔步走在前面，他的随从端着装有酎金的精美漆盒跟在其后，漆盒上的金箔贴花闪闪发光。虽然天刚蒙蒙亮，但漆器内成色十足的黄金所散发出的光彩已经让每一个参加祭祀典礼的王公大臣们眼前一亮，大家都对昌邑王进献的酎金褒奖有加。进献酎金的昌邑王刘贺又一次走进了霍光的视野。霍光当然还记得，这个小刘贺就是五年前在汉武帝泰山封禅典礼上那个得到过武帝赞许的小孩；所不同的是，眼前的刘贺行为更加得体、举止更加从容，颇有王者气度。

虽说刘贺对待诸如进献酎金之类的大事很是在乎，但是对于小事，他就很是不拘了。刘贺喜欢诗词歌赋，酷爱习武玩乐，结交并豢养了一批有着同样爱好的文人武士，与他们一起饮酒作赋，骑马狩猎，舞剑射禽。他喜欢骑马，常常独自骑上半天，奔驰上百里，向人炫耀其精湛的骑术。他喜欢斗鸡，让侍卫买来许多善斗的雄鸡，饲养在宫中。兴致来了，就和兴趣相投的公子哥儿在宫殿内比赛斗鸡。他喜欢乐赋，经常在王府内与乐师、舞女彻夜弹瑟、吹竽、作赋。让人意想不到的是，天资聪颖的刘贺随着年龄渐长，竟渐渐沉迷于各种玩乐，有时候连正常的课都不去上了，这让他的老师们头疼不已。

刘贺爱纵马疾驰，在昌邑国那一眼望不见边际的原野上狂奔。有一次，他来到金山脚下。这金山与平原上其他偶然可以看到的丘陵大不相同，不是柔和地隆起，而是突兀地耸立；怪石嶙峋的模样，陡峭如削。他登上山顶，俯视大地，方圆几十里内，城镇、王国，以及那广袤的土地一览无余。抬头是一望无际的蓝天，俯瞰是无边无际的原野，立在金山之巅，刘贺只觉得一股豪气涌上心头，仿佛天下尽在心中，天地尽属于己。

望着山下，刘贺不禁心中默想，此地可以望见昌邑城，又与自己的父亲刘髆墓遥遥相望，不由感叹道："真乃不可多得的宝地啊！"遂决定以山为陵，在这里为自己修建一座陵墓。

说干就干，一声令下，无数工匠集聚金山，掘山为道，开山为室，凿岩建墓，以石砌筑。无数石材被从山体中凿出，又将那本来粗糙的山石细细打磨。最后，生生在这座金山的山体中开凿出了一座大墓。墓室中凉爽却不阴冷。刘贺见了之后十分欢喜，重重地赏赐了工匠们。

昌邑王刘贺这通折腾就没人管他吗？谁管得了他，他是王啊！但是也着实的急坏了一个人，谁啊？就是刘贺的老师王式。原来，王式就是昌邑哀王刘髆的托孤老臣，他尽心竭力教导和辅佐刘贺，想让他成为一个心存百姓，能够治国理政的一代明君。

第 拾肆 回

治昌邑忠臣直谏　贪玩乐刘贺食言

昌邑王刘贺从小就有很多专门教他治国之道和儒家经典的老师，王式是其中的一位。昌邑哀王刘髆去世后，王式遵从昌邑哀王的遗嘱继续教导刘贺的学习。他见刘贺一心玩乐，荒废学业，想着昌邑哀王的嘱托，不由得看在眼里，急在心上。王式见刘贺虽然贪玩，但也颇有才智，并不算愚钝，便尽心尽力地教授刘贺，让他习读诗书，给他讲述儒家经典，跟他讨论古代诸国的兴衰存亡以及古代志士圣贤的故事、治国安邦的道理，还让刘贺熟读《诗经》三百篇，以此来教化他，希望他能从中领悟历史文化之内蕴，感悟人民的欢乐疾苦。刘贺在王式的教导下，竟也把这些书读完，甚至有的还背了下来。有时候，王式问他："看了这些故事，大王有没有得到什么启示？"刘贺只是一笑置之，并不回答。王式再三追问，刘贺被问得不耐烦了，便说："读了就读了，并没有什么启示。父王教导过我，要做一个安分守己的诸侯王，要那些个启示有何用？”

其实刘贺最喜欢的是乐舞和饮酒，尤其喜欢把玩各种器具。他到处收集精致的乐器和各种样式的酒器。刘贺身边的臣僚中，多数是溜须拍马之辈，对刘贺不爱学习任性玩乐的各种行为，压根就不会去提醒，更谈不上劝阻。只有极少数的几个臣子对他忠心耿耿，经常会劝谏刘贺。

比如，刘贺身边有个为官清廉、刚正不阿的大臣叫王吉，官拜昌邑国中尉，就是掌管昌邑王宫安全的。王吉是山东琅琊人，此人可不简单，据《二十四史》记载，王吉给整个琅琊王氏家族所创的“言宜慢、心宜善”的六字家训，使得王氏家族跨越了许多劫难、经受住了各种考验，从东汉至明清 1700 多年间，山东琅琊的王氏家族一共培养出了 36 个皇后、36 个驸马、35 个宰相，成为中国历史上最为显赫的家族，被称为“中华第一望族”。刘贺的身边有王吉这样的谋臣，昌邑国的大小事务均处理得井井有条。在王吉等人的尽心辅佐下，刘贺治理下的昌邑国倒也是一派繁荣昌盛的景象。

王吉见刘贺不肯安心处理政务，整天沉溺于玩乐游猎之中，便对刘贺进言：“大王不喜欢研读经书，却喜爱游玩逸乐，每天驾马车不停地驰骋，嘴因吆喝而疲倦，手因握缰挥鞭而疼痛，身体因马车颠簸而劳苦。清晨冒着露水雾气，白昼顶着风沙尘土，夏季忍受着炎炎烈日的烤晒，冬天被刺骨寒风吹得抬不起头来，大王总是以自己脆弱的玉体，去承受疲劳痛苦的熬煎，这又不能增益宝贵的寿命，也不能促进高尚的仁义品德。在宽敞的殿堂之中，细软的毛毡之上，在名师的指导下背诵、研读经书，讨论上至尧、舜之时，下至商、周之世的兴盛，考察仁义圣贤的风范，学习治国安邦的道理，欣欣然发愤忘食，使自己的品德修养每天都有新的提高，这种快乐，难道是驰骋游猎所能享受得到的吗？休息的时候，做些俯仰屈伸的动作以利于形体，用散步、小跑等运动来充实下肢；吸取新鲜空气，吐出腹中浊气以锻炼五脏；专心专意，积聚精力，以调和心神。用这样的方法进行养生，怎能不长寿呢？大王如果留心于此道，心中就会产生尧、舜的志向，身体也能像伯乔、赤松子一般长寿，美名远扬，让朝廷闻知，大王就会福禄一起得到，封国就安稳了。当今皇帝（汉昭帝）仁孝圣明，至今思念先帝不已，对于修建宫殿别馆、园林池塘或享受巡游狩猎等事一件未做，大王应日夜想到这一点，以符合皇上的心意。在诸侯王中，大王与皇帝的血缘关系最近，论亲属关系，大王就如同是皇帝的儿子，论地位，大王是皇帝的臣僚，一人兼有两种身份的责任。因此，大王施恩行义，如有一点儿不周全，被皇帝知道了，那将不是昌邑国之福啊。”

这谏言说起来是那样动情，让刘贺也十分感动。刘贺开始反省自己的所作所为。他细细一想，自己也十几岁了，平日里懒于政务，都扔给大臣们，实在是不应该。于是，刘贺带着歉意说道：“这么说来，本王确实不应该。作为昌邑国王，懈怠于政事，没有做到诸侯王应做的事情。大人对于本王忠心耿耿，总是刚正不阿地指出本王的错误，弥补本王的过失，规劝本王的行为，实在让人敬佩，应该得到嘉奖。”随后，刘贺命负责宾客事务的侍从赏赐了中尉王吉牛肉五百斤、酒五石、干肉五捆。

刘贺这下倒也好像是发了狠心，连续好几天向老师求学，处理政务竟也一副一丝不苟的样子，还主动去慰问贫苦百姓。一时间，刘贺身边的大臣、侍从、谋臣，都以为刘贺“改邪归正”，要做个勤政的诸侯王了。可是没过几天，刘贺就又坚持不下去了，又重拾骑马狩猎、饮酒玩乐之中。

昌邑国的郎中令龚遂，忠厚刚毅，很有原则。他一方面不断规劝刘贺；另一方面责备封国丞相、太傅等其他臣子没有尽到责任。每当说到刘贺的过错，他就引经据典，陈述利害之关系，一直说到声泪俱下。刘贺每次都是一笑而过，却也不曾怪罪过他。

有一次，朝廷来圣旨封赏。刘贺当时正与一帮文人骚客比拼诗赋，便让大臣代替他出来接旨。龚遂看到他如此不懂礼节，气得当着众人的面指责刘贺，刘贺倒也不生气，只是捂着耳朵起身走开，大笑着说道：“郎中令说的这些老掉牙的话，本王都听腻了，能否换一个新鲜的话题啊？”边说着，刘贺还是出去接了圣旨。

刘贺平日里虽然行为狂妄，有时毫无节制，但他性格豪爽，骨子里有一股豪侠义气。而且刘贺自小饱读诗书，深受孔孟之道影响，对待臣子下属抱着仁爱之心，对他们宽容仁慈，没有架子。刘贺常常与车夫、随从一起饮酒作乐，高兴之余，经常毫无节制地将财宝赏赐给他们。刘贺的这些行为在很多人看来当然是“不检点”，作为一个诸侯王，怎么能没有一点儿威仪呢？但刘贺就是这样一个人，久而久之，昌邑国的臣民们倒也习惯了。

忠诚的龚遂深深了解刘贺如此行为是因为年少轻狂，但骨子里还是一个有着仁爱之心、恪守儒家之道的人。对于年轻的刘贺听不进劝谏，龚遂虽感头疼异常，但还是不停地想办法说服他。

突然有一天早朝，龚遂一入宫大哭不止，跪着挪步到刘贺面前。刘贺大惊失色，问道：“郎中令为什么又哭又跪的？”龚遂跪拜说道：“大王啊，臣为社稷的危亡痛心啊！希望您能给我一个单独的机会，让老臣好好说与大王。”

刘贺忙命左右之人退开，让龚遂细细说来。龚遂整理了一下情绪，说道：“大王可知道胶西王刘端为什么会因大逆不道罪而诛灭吗？”

刘贺说：“不知道。”

龚遂说：“大王，这关系到我昌邑国兴衰存亡，大王您的身家性命，您听我细细地讲来……”

第 拾伍 回

怠国政玩乐宫中　承帝统得意忘形

郎中令龚遂直言劝谏刘贺。龚遂跟刘贺讲："臣听说，胶西王有一近臣名叫侯得，此人善阿谀奉承。胶西王的所作所为，简直如同夏桀、商纣一样残暴，而侯得却说他像尧、舜一样贤明。胶西王对侯得非常欣赏，经常与他住在一起。正是因为胶西王只听信侯得的奸邪之言，以至于落下恶名。最后因大逆不道而被诛杀。而今大王亲近奸佞小人，已经逐步沾染上了恶习！臣请大王挑选通晓经书、品行端正的郎官一起生活，坐则诵读《诗经》《尚书》，立则练习礼仪举止，这样才能有益于大王，增长学识，治国理政。"刘贺见龚遂煞费苦心一番劝谏，态度坚决，没办法，只得答应。于是，龚遂选择郎中张安等十人侍奉刘贺，与他共同起居，教授他礼仪。可是刘贺早已经散打散放习惯了，对烦琐的礼节完全没有耐心。没过几天，张安等人就全被刘贺轰跑了。

王吉和龚遂等人依然会逮住机会就劝导刘贺，可刘贺要么不听从，要么说会悔改，却又三天打鱼两天晒网，最后不了了之。日子就这样一天一天地过着，大臣们也都只得任刘贺由着性子去了。

直到有一天，刘贺在宫中看到一只白色的大狗，颈部以下长得与人十分相似，头上则戴着一顶跳舞的人戴的“方山冠”，而且没有尾巴，不由得吓到了。这是什么动物？他狩猎无数，怎么从来没有见过。他赶紧问家臣和侍从：“我刚在宫中看到有条大狗，很像人，还戴着帽子，没有尾巴，这是怎么回事？”

家臣和侍从都说：“大王，我们并没有看到这种东西啊。”刘贺知道龚遂知识渊博，便赶紧召他来询问。龚遂一听，想了片刻，回答道：“这是老天爷在警示大王啊，说您左右的亲信都是戴着帽子的狗，万万不可与之亲近，否则必遭祸患。”刘贺听了龚遂这话，心里将信将疑。

不久之后，刘贺又在宫中看到一只大熊。可他一问，左右侍从依然没有看到。于是，刘贺又找来龚遂，问：“我明明在宫中看到了大熊，但是其他人却没看到，这又是怎么回事啊？”龚遂大惊失色地说道：“熊是山野中的野兽，会吃人，来到宫里，又被大王看见，这说明大王有生死存亡的危险。上天给的警兆已经非常明显了，请大王一定要提升自身的修养，勤于政事啊。”

刘贺依然大惑不解：“上次的白色大狗，这次的大熊，为什么会有这么多不祥的征兆？”龚遂双膝跪地，不停地叩头：“大王曾经背过诗三百，其中有好些讲述为人、为政、称王、用人的篇章。大王请好好想想，自己平日里的所作所为，哪一件符合《诗经》中宣扬的美德和善举？大王可是列侯王，行事却轻狂不堪。我担心大王会因此遭难，请您一定要提高品行啊！”龚遂一番话，说得刘贺心慌不已，立刻答应从今天起，一定会注意自己的言行修养。

在那之后不久，汉昭帝刘弗陵突然驾崩了。

当朝皇帝驾崩，刘贺并不觉得这与自己有什么关系，依然我行我素，巡游狩猎，放纵如常。刘贺哪里知道，在自己肆意欢畅的时候，远在长安城的未央宫里，大司马大将军霍光已与群臣商议，并且最终决定拥立他为太子继皇帝位。此时，由少府史乐成带领的一行使节，正日夜兼程，直奔昌邑国而来。

史乐成到达昌邑国后已是深夜。因为事关紧要，不能延误，于是叫开城门，直入王宫。宫中侍臣赶忙入内室叫醒刘贺。刘贺被侍臣从睡梦中惊醒，还不知道怎么回事呢。不由得对侍臣大发脾气，说：“大胆！本王睡得正酣，你怎么这般吵吵嚷嚷，快给本王滚出去！”侍臣立即跪下说：“京城来的使臣，说有急事，要向大王宣告，奴婢不敢怠慢。”

刘贺十分诧异，怎么半夜三更的京城还会有事？他赶紧穿好衣服，随侍臣来到大殿前。史乐成等人一见刘贺，就说奉大司马大将军之命，请他即刻进宫主持大行皇帝的丧礼。刘贺惊慌之中接过诏书仔细阅读，诏书是上官皇后亲自下达的，果真是让他进宫主持丧礼。诏令特许昌邑王乘坐七乘传的车驾赴京，所谓乘传，是具有一定身份地位的象征。昌邑王刘贺往长安“乘七乘传”，在当时，等级是最高的。足见朝廷对刘贺的重视和期许。

刘贺一看，可乐坏了。要知道，当年汉文帝刘恒在代王的职位上被朝廷征召入京接位当皇帝时，朝廷允许他乘坐的只是六乘传，现在自己进京，特许乘七乘传，这是多大的荣光啊！刘贺顿时喜形于色，手舞足蹈，这可是老天爷送给他的一份大礼啊！诏书说是去主持丧礼，其实不就是要让自己接皇帝位吗？他暗暗嘲笑龚遂胆小迂腐，杞人忧天。这时候，龚遂的警告在他看来，已经如同笑谈。

当夜，昌邑王刘贺将要当皇帝的消息传遍了昌邑全城。他的亲信、玩伴，纷纷向他道喜，想随他进京共举大业。刘贺一想，到了长安，自己孤家寡人一个，行事不便，再说如果没有这些朋友，就少了很多乐趣，那多不好玩哪。刘贺便说："你们跟随我多年，这次我绝不会把你们抛弃，就和我一起去长安吧。"

有了这等好事，刘贺恨不得插上双翅飞到长安城。一番收拾准备之后，第二天中午时分，刘贺跨上自己心爱的千里马，一声嘶鸣，奔向长安而去。

刘贺骑着马一马当先，数百人的车队，急行军似的跟在后面，半天就走了一百三十五里路，有不少侍从的马都被累死在路上。刘贺进京，经过的地方包括昌邑、定陶、济阳、弘农。自昌邑至定陶这一段的行程，刘贺有比较特别的表现。他的车队走的是驰道，是那个年代区别于普通公路的高速道路，具有很高的通行效率。刘贺一行"日中"自昌邑出发，"晡时至定陶，行百三十五里"。汉制的一里相当于今天的 414 米，照此折算，刘贺车队的行进速度达到了每小时二十多里。这种行进速度，在当时是很罕见的高速行驶了，怪不得要累死不少马匹。这种行进速度，也体现了刘贺十分急迫的心情。

郎中令龚遂见刘贺如此急迫，急忙劝说刘贺："大王，为什么要这么着急赶路，您看这一路累死了这么多的马。大王如果真的迫切要赶到长安，不如把一些并不急需跟随的人遣返，这样可以加快点儿速度。"

刘贺一想，要是这些人耽误自己登基为帝，那还得了，于是立刻同意，说："一路上去京城，路途遥远，你们要是有人改主意了，不想去，那就回去好了。"但这些跟随的人，谁也不愿中途返回，彼此争吵不休。谁都知道，这一去肯定飞黄腾达，谁想白白扔了这机会！龚遂也感到为难，只得请刘贺决定。最后，刘贺让五十多个奴仆返回昌邑，只留下一干谋臣近侍两百多人随他继续行进。

昌邑国中尉王吉见刘贺如此兴奋，如此张扬，暗暗担心。他想，如今朝廷是大司马大将军霍光大权在握，刘贺这般行为，怕是已经忘乎所以了。若是到了长安，仍然和在自己的封地一样任性，那恐怕是要招来祸患。但刘贺又不听劝谏，王吉思索再三，于是写了一封长信，交给刘贺。

王吉的这封信反复陈述的中心意思只有一个，就是劝刘贺言行要稳重，小心谨慎，政事要全部仰仗大司马大将军霍光。这也不失为和权倾朝野的霍光相处的一种好办法。刘贺听罢，若有所悟，不住地点头称是并且下定决心进了京城，便要小心谨慎。但是过了一会儿，他便又忘乎所以起来。他哪知道，这一切，霍光派来的使臣自然是看在了眼里，记在心头。

一行人来到济阳，一个亲近的侍从对刘贺说：“这里有一种长鸣鸡，据说鸣声嘹亮，大王喜欢雄鸡，何不买几只？”

刘贺一听，顿时想到自己总是任性而为，不够勤奋。如有长鸣鸡来报晓，督促自己闻鸡起舞，勤奋执政，岂不妙哉？于是，命令左右将车队停下来，令人到附近求购长鸣鸡。老百姓听说是即将当皇帝的昌邑王要买长鸣鸡，纷纷送来，一下竟然送来好几十只。刘贺选择了几只极为雄壮的公鸡带去长安。

当地还有一种聚竹合成的手杖，叫积竹杖，结实耐用。刘贺也买了两根。旁人不解其意，认为他贪玩荒唐，在赴京登基的路上还有这份闲心。其实，他买积竹杖是为了自己登上帝位后，有一天能够像他的爷爷孝武帝一样到泰山举行封禅大典。到那个时候，自己手拄积竹杖，登泰山而小天下，一定别有一番滋味。一想到将来自己也会在泰山封禅，刘贺的心中腾一下子，激起了万丈豪情！

第 拾陆 回

青春狂民妇遭殃　未央宫继位称皇

接懿旨刘贺长安继位。这一路上，真可谓春风得意马蹄疾，年轻的昌邑王刘贺不免得意忘形！车队前行路过弘农时，暖暖春光下，但见一个个面若桃花的美妇踏青归来，她们看到高头大马上的俊朗少年刘贺，忍不住好奇多次回首，顾盼中不禁流露出艳羡之情。刘贺也看见这些女子了，心想这乡间女子别有一番风韵呀。这可挑起了刘贺浓浓的春情，那青春的欲动再也遏制不住。他听说当年皇爷爷与卫子夫邂逅，就是在车上成就了一段佳话。奴仆头目善，看见刘贺春情荡漾，如醉如痴，立即明白了主人的心思，追上那姿色出众的就拉上了车。

这事情虽做得隐秘，却还是被朝廷派来的使臣史乐成知晓了。他马上去质问昌邑国相安乐，愤愤地说道："皇帝驾崩，朝廷急迫地等昌邑王赶赴京城主丧、继位，处理朝政。昌邑王却在服丧期间，强抢民女，寻欢作乐。你身为国相，是如何辅佐的？难道连这一点也不懂吗？”安乐一听，吓出一身冷汗，立即找龚遂商议。龚遂一听，也是大惊失色，立刻来找刘贺。

刘贺一见龚遂，就知道他是来规劝自己的。果然，龚遂开口便说："现在这一带都在传言说大王强抢民女，不知是否真有此事？”刘贺自知理亏，便说："本王不知，绝无此事。"

龚遂叹了口气，说："朝廷的使臣已经知道这事了，若是传到朝廷，对大王可是极为不利啊。"刘贺心中慌乱不已，只得支支吾吾，说不知道是谁干的。龚遂定睛看着他，说："既然大王不知情，而奴仆善做了这种事，自然是他招摇撞骗，损毁大王的名誉，如不惩罚他，那将无法平息民怨，更是玷污了大王的威名。"龚遂说完，便亲自把奴仆善这个替罪羊推了出去，一刀斩了。刘贺也被这事吓得不轻。

在此之后，龚遂对刘贺形影不离，紧紧看住他的一举一动。随后一路倒也无事。不几日，刘贺一行便来到了长安城外的灞上，这就快到京城长安了。掌管礼宾事务的大鸿胪出郊外亲自迎接，主管车马的驺官奉上皇帝乘坐的车子。于是，刘贺坐上銮驾，太仆寿成在中间驾车，而郎中令龚遂为参乘，作为陪侍。车队浩浩荡荡地来到了长安城第一道门，只见守门的士兵们排列整齐，一脸肃穆。

见此情景，龚遂对刘贺说："大王来长安奔丧，应该表现出悲伤，这是进长安的第一道门，按礼制，奔丧望见国都，应该哭泣。请大王哭泣，以表君臣之礼，叔侄之亲。"

刘贺现在满脑子所想的，就是当上皇帝后要做些什么事，哪有心情去做出悲伤的样子。于是，他对龚遂说："我的嗓子痛，很不舒服，现在哭不出来。"

进了长安城，到了第二道门郭城的时候，龚遂又说："大王，到了这里，您应当悲泣。"刘贺说："第一道门与第二道门不都是一样的嘛，我现在仍然哭不出来，待会儿再哭。"

龚遂心焦如焚，却又不能硬来。他侧过身子，附在刘贺耳边小声地说："路边的人都在看着大王，大王面容一定要表现得很悲痛的样子，绝不能面露笑容。昌邑国的吊丧帐篷在这个门内的大路北，到吊丧帐篷的地方，有南北方向的人行道，离这里不到几步。大王应该下车了，向着宫门面向西匍匐，哭到尽情哀伤为止。"龚遂对刘贺所说的哭丧礼仪，在汉代那时候就这礼节。

刘贺却说："可是我真的不哀伤，我哭不出眼泪来怎么办？"

龚遂思量了一会儿，说："大王要是确实没有眼泪，就多想想过去悲伤的事情吧！一定会哭出来的。如果再不哭出来，真的会影响您当皇帝的。"

龚遂最后的这句话看来起了作用。刘贺说："那好吧。"到了目的地，刘贺下了车。面对威严耸立的未央宫，尤其是飞檐上那两条龙，金鳞金甲，活灵活现，似欲腾空飞去。殿中宝顶上悬着一颗巨大的明月珠，熠熠生光。他仿佛看见殿内的雕龙宝座上，坐着一位睥睨天下的王者，正是他的爷爷汉武大帝。说来也怪，也不知道哪来的惊慌、恐惧、忧伤一下就占据了刘贺的大脑了。他不由得伏身跪下、叩首，号啕痛哭起来。这一哭又让他想起了他早逝的父亲和对他百般宠爱的母亲，越发哭得一发不可收拾，简直是惊天动地。旁人都以为刘贺这是对先帝情深意切，就连之前对他有看法的朝中大臣，也不由得对他暗暗点头。有的跟着也落了泪。

刘贺就这样进了皇宫，先被上官皇后立为嗣子，接了太子位，然后就等着吧。等待着主持先帝的葬礼和自己的登基大典。

公元前 74年 6月，已被立为储君的昌邑王刘贺在长安西北七十里的平陵，主持了隆重肃穆的西汉第八任皇帝汉昭帝刘弗陵的丧葬大礼。一个月后，继汉昭帝之后西汉第九任皇帝的登基大典在未央宫前殿隆重举行。

7月18日这一天，炙热阳光照耀下的未央宫，格外辉煌壮丽。殿檐斗拱，额枋、梁柱上装饰着青蓝点金和贴金彩画，雄奇瑰丽。殿外的汉白玉石台基上下，跪满了文武百官，都换上了崭新的朝服，精神百倍。中间御道两边排列着整齐威严的仪仗。大殿廊下，鸣钟击磬，乐声悠扬。台基上的香炉和铜龟、铜鹤里燃起了檀香，氤氲缭绕。在庄严的鼓乐声中，新帝刘贺头戴冕鎏冠，身穿十二章纹大龙袍，龙袍上绣着龙凤齐飞，山川、花鸟、斧钺等十二章纹图，衣袂飘飘，好似龙在腾跃，足蹬厚底朝靴，面带整肃，缓缓走上正殿。这身衣着一穿戴上，使得年轻的刘贺更显器宇轩昂。经过一套繁复的礼仪之后，刘贺端坐在金銮宝座上，接受文武百官的朝拜。

在一阵“吾皇万岁万岁万万岁”的欢呼声中，昌邑王刘贺终于登上了帝位。他作为先帝的嗣子，追先帝谥号为“孝昭”，尊上官皇后为皇太后。坐在威严气派的金銮宝座上，俯视着大殿两旁执笏跪坐着的文武大臣，黑压压的一片，刘贺感觉恍如梦境一般，心想这就是做皇帝了？

皇帝就是皇帝啊！这和自己在昌邑王位子上的感觉太不同了，不愧是九五至尊哪！自己的爷爷孝武帝当年就是坐在这个位子上接受群臣朝拜，没想到现在自己竟然和爷爷一样了。刘贺望着满朝文武，心里既兴奋却又觉得有几分陌生。

只见满朝文武有的严肃，有的淡然，有的恭敬，更多的是面无表情。怎么在皇位上就全然没有了自己在昌邑国时候那种亲切与轻松的感觉呢？特别是群臣中为首的大司马大将军霍光，今天也是满身的朝服，手持牙笏，不露声色，可是他全身上下却散发着一股凌人的气势，简直有股子逼人的杀气，让人不寒而栗。要说这些天刘贺可没少和霍光打交道，可每次和霍光在一起，刘贺就觉得浑身不自在，连手脚都没地方搁，这刘贺心里有多别扭呀！

刘贺牙一咬，心一横，心中暗想，我以后只有这样做，才能尽快亲政，排除掉异己。

第 拾柒 回

初登朝排斥异己　封近臣首埋祸殃

长安城刘贺继位称帝，百官朝贺气势恢宏。大殿中刘贺把目光投向霍光，只见霍光面无表情，从霍光的面目中看不出有任何的心绪。刘贺猛然觉得自己的内心深处竟然无缘无故地恐惧霍光。自己已经是天下至尊的皇帝了，怎么还会对霍光这么怕呢？就算霍光在拥立自己为帝这事上对自己有大恩，也不至于会害怕他呀，自己这是怎么了？

刘贺暗暗调整了一下心绪，深吸了一口气，给自己打气：如今自己已经是睥睨天下的皇帝了，这些大臣都是我的臣子，我无须怕他们。不过，满朝文武要么是跟随先皇的，要么就是跟随霍光的。尤其是这个大司马大将军霍光，朝政一直在他手中，先皇帝刘弗陵到死都没有从霍光手里接过权力亲政，年纪轻轻就去世，不可谓不悲啊！如今霍光才是真正的一言九鼎。自己要坐稳江山，必须得在朝中尽快地培植自己的人马，早日亲政，清除霍光一党。

想到这儿，刘贺暗暗地松了一口气。幸好从昌邑国带来了二百多人，这些都是心腹之人，可以担当重任。先不管霍光，既然是我当了皇帝，一切就得按照我的意思来。

刘贺拿出事先准备好的诏书递给诏令官，说道，宣读!

诏令官立即朗声宣召：

受命承天，皇帝诏曰：朕以弱冠之年，上承天命，初践国祚，诚惶诚恐，唯惧思有不密，言有不谨，行有不慎，以至伤及国本，累及臣民。朕心如何得安。故从今日起，朕克当恭躬自省，勤勉自律，以祈我大汉国运永世昌盛。今朕昭告天下，命尔等及各地郡国守吏即日起，举荐贤良方正直言敢谏之士入朝，朕当择其优者，委以重任。

诏令官宣召完毕。刘贺接着道："诸位臣工可有什么意见？"众位大臣都暗暗地看了站在班首的霍光一眼。见霍光没有说话的意思，其他大臣赶紧低下头，谁也不说话，大殿里一派肃穆。

刘贺又扫视了一遍大殿，将满朝文武的表情尽收眼底。见大家都唯霍光的马首是瞻，霍光不开口就没有人敢先说话。刘贺心里暗暗地想，这个霍光可真是不简单哪，怪不得自己心里竟然会无缘无故地惧怕他，看满朝文武的反应，霍光才是大汉朝的实际当家人哪，看来自己这个皇帝和前朝没有什么两样，都只是一个摆设而已！但今天是自己登基的第一天，第一次朝会，必须得拿出皇帝应有的气派来。要让群臣知道，自己才是大汉天子！

见群臣没有发言的，刘贺继续说：“既然你们没有什么意见，那朕就来说说朕的意见吧。原昌邑国丞相安乐德才兼备，足智多谋，尤以明经洁行著称，朕在昌邑国时多亏有他的辅佐，昌邑国才能昌盛兴旺。朕欲封他为太尉。不知大家以为可否？”

太尉可是位列三公，掌管军事的最高官员。汉昭帝时期没有设太尉一职，军事大权由大司马大将军掌控。刘贺心想，太尉这一职位空缺，正好让自己最信任的人安乐来担任。太尉掌管军队和宫禁，必须是自己放心的人。

群臣见刘贺一上位就想要让安乐取代霍光掌管军队和宫禁，也不知道事先有没有和霍光商量过，这个年轻的皇帝还真是有些不一般。满朝文武不禁再次把目光投向了霍光。只见霍光依然面无表情，只是对紧挨着自己的丞相杨敞微微地抖了一下袖子。

杨敞是霍光一手提拔上来的丞相。他暗暗看了一眼霍光，霍光回他以微微的点头。杨敞马上领悟到霍光的意思了，于是站出来朗声说道：“陛下，太尉一职，自孝武皇帝开始就没有再设了，孝武帝时太尉的职权一直由大司马大将军卫青掌管。现在我朝也是由大司马大将军霍大人掌管。不设太尉一职可谓是上承孝武皇帝的遗旨。臣觉得无须再设太尉一职。”群臣们都知道杨敞的意思就是霍光的意思，见霍光依然没有动静，那些善于察言观色的大臣纷纷站出来表示支持杨敞的意见。只见大司农田延年也大声说道："陛下，我朝自高祖以来就有无功不封侯，无功不封赏的规制。安乐大人不过是昌邑国的丞相，昌邑国不过是大汉朝的一个小小的郡国，自然不能等同于大汉朝。这太尉一职万万封不得啊。"这一下，几乎所有的大臣都执着笏板俯身齐齐说道："万万封不得啊！"

刘贺满以为自己已经是至高无上的皇帝了，自己下的诏令自然不敢有人反对，没想到竟然会有这么多人反对自己，看来以后下诏令还是不要问大家的意见为好。但是事情到了这个地步，也没法挽回了。略显尴尬的刘贺只得干干地说道："那各位大人说说，安乐大人适合什么职位呢？"

这个时候，只见霍光终于发话了。他缓步走出班部，沉声启奏："陛下，众位大臣所虑极是。陛下的考虑，老臣也以为宜在将来细细思量。陛下所建议的安乐大人，德才都俱佳，将来未必就不可以位居三公之列。但是，现在遽然就任太尉一职正像列位大人所说的那样，确乎不太妥当。我想起来长乐宫卫尉一职正好也一直空缺，老臣看陛下与安乐大人感情极好，安乐大人若是作为长乐宫卫尉，负责宫禁护卫，定能贴身辅佐陛下。"众文武赶紧说："正是正是。"

刘贺尽管心有不甘，却也无可奈何。虽没能让安乐成为太尉，但长乐宫卫尉也是极为重要的岗位。这个霍光虽然借群臣之口说出了他自己的意见，明摆着是不肯放权，但他的建议又顾及了自己这个新皇帝的尊严和面子，他提出的长乐宫卫尉一职倒也是很有道理。霍光提出来的建议自己还真是没有理由反对，他怎么就算得准自己会同意他的建议呢？刘贺心里不禁对霍光愈加敬畏起来。

刘贺哪想到，自己对昌邑国旧臣安乐的封赏，虽然最终只是封了个长乐宫卫尉，却已经触动了朝堂内众人的神经。他在不知不觉中已经犯了大忌。

一般来说，新帝登基，首先要做的是按功封赏，追封功臣。刘贺首先应该封赏的是力挺他上位的大将军霍光，还有迎他进京的少府史乐成、宗正刘德、光禄大夫邴吉等人。但刘贺却没按常理出牌，一上位就提出封赏昌邑旧部，而且一开口竟然是位居三公之列的太尉，掌管军队和宫禁，这不是要取代霍光的位置吗？虽然刘贺提议的太尉一职最终没有被通过，但此举已经引起了众多老臣的不满。

大臣们纷纷议论道："这也太不像话了吧。""无功不能受封，怎么可以随意封赏这些昌邑国的旧人呢？"刘贺见满朝文武开始议论纷纷，大殿内喧嚣不已，只得大声说道："众位大人，我朝自高祖以来，已经一百多年了，一些不合时宜的政策该改的要改。比如说起用新人，肯定是有必要的。"

霍光眉头紧锁，表情严肃地说道："陛下想起用新人的想法是好的，但也要注意发挥好老臣的作用。陛下这么圣明且有主见，老臣我真的可以歇息了。"

霍光说这番话本意是委婉地提醒刘贺要谨慎用事。霍光既肯定了刘贺起用新人的想法，又提醒不可忽视老臣的作用，是故意试探刘贺对自己的看法。没想到刘贺想都没想，马上接过霍光的话头说："大将军劳苦功高，累了这么些年了，是该好好歇息了。"霍光只觉得胸口一紧，气息为之一滞，半晌说不出话来。

刘贺一言出口，这才激起了老臣义愤，招来了杀身大祸！

第 拾捌 回

悖朝规狂妄自大　迎姐夫私发诏书

刘贺初登基，第一次朝议就任性妄为，任人唯亲，犯了大忌。满朝老臣不欢而散。

第二天，霍光借口身体欠佳没有来早朝。刘贺根本没当回事，只是说了句："大将军为国操劳多年，累坏了身体。今后，只要大将军身体欠佳，就可以不用来上朝。"

刘贺说这番话可能并非故意冒犯大将军霍光，然而说者无心，听者有意，朝臣们顿时一片哗然。要知道，刘贺能够上位可谓全仗大将军霍光的举荐，没想到刘贺刚登基，竟然会如此对待霍光，不大加赏赐也就算了，竟然说可以不用上朝了，这不是要让大功臣霍光靠边站的意思吗？对霍光尚且如此，更何况其他老臣呢？这位新帝究竟是什么意思，着实令人费解。一夜之间，朝廷内外，议论纷纷，都说没想到新帝刘贺竟然是个忘恩负义之人。

殊不知，对于刘贺而言，真可谓是天上掉下一个皇帝来。不是天上掉下个林妹妹吗？这比林妹妹强之百倍呀！对于突然接手的至高权力，刘贺有点不知所措，对自己的皇帝新身份也很不适应。他在昌邑国我行我素惯了，行事无矩，昌邑国的旧部们倒是习以为常，但是霍光和朝臣们可接受不了。而刘贺还以为在帝位上与在昌邑国没有什么两样，他既然已经是一国之君，就可以像在昌邑国一样由着自己的性子来。尽管身边的谋臣已经再三提醒，他也表示明白帝王应当是国家的表率、道德的化身，必须慎重又慎重，不可肆意妄为的道理。但一遇具体的事，他转过身就会忘掉谋臣提醒的话，依然故我，任性而为，把人给得罪了，自己还浑然不知。这与现在我们居家过日子也是同一个道理，孩子宠溺惯了，说话做事就很任性，刘贺也是一样。

这一点，刘贺就远远不如与他有着相同境遇的汉文帝刘恒。汉文帝是西汉第四位帝王，汉武帝的爷爷。

西汉初年刘邦去世之后，吕后专权。一时间，吕氏家族权倾朝野。吕后去世以后，刘邦的旧臣陈平和周勃携手诛灭了吕氏势力，然后商议由谁来继承皇位。最后，他们相中了当时 23 岁的代王刘恒。随后，派出使者接刘恒来长安继承皇位。刘恒见到使者，不知是福是祸，于是和属臣商讨对策。属臣们意见各不相同，最后，刘恒还是决定入京继位。一路上，他谨慎从事，先是派他舅舅薄昭去长安探听虚实，后来在离长安五十里时，又派下属宋昌进前探路。最后，刘恒才在陈平等大臣们的拥戴下，来到皇宫，继承皇位。在得到皇位之后，刘恒对拥护他做皇帝的大臣和跟随他父亲刘邦开国的功臣们都加官晋爵，大加赏赐。将被吕后贬斥的刘姓诸侯王恢复了爵位和封地。这使得朝廷上下的人心立时稳了下来。刘恒由此也开创了历史上著名的“文景之治”。

刘贺的行事风格与汉文帝截然相反。刘贺在父亲去世后，整个少年时期基本上都是在任性放纵的状况下度过的，在人生成长的关键阶段，没人管他了，像一棵刚生长的小树一样，长疯了，也就不容易成材了。刘贺沉溺于安乐享受。尽管他幼年时两次和武帝接触，对帝王之业有过憧憬和向往，但后来父亲教导他，让他做一个安分守己的昌邑王，不可对皇位有想法，渐渐地，他对帝位对功业没有了太多的思考。如今皇帝大位砸到他头上了，他以为终于可以像皇爷爷武帝一样做大事了，但他在昌邑国形成的行事风格与当朝严谨刻板的规制程序格格不入。他即位后，在没有建立功业，没有做出任何成绩，没有树立帝王威望的情况下，便急不可待地开始行使帝国的最高权力，把属臣王吉和龚遂此前劝谏的话全部抛之脑后。因此，刘贺上位后，和众多老臣的矛盾冲突也就在所难免。

经过两次朝议，刘贺看出来了，满朝文武都只听命于霍光，自己在朝中没有帮手，得赶紧把自己的人安排到朝廷各个部门才行。目前才只是用了一个安乐，就已经争论得满城风雨，如果不是霍光最后发了话，自己当皇帝的第一个提议就会被否决，那让自己这个新帝情何以堪哪？如果自己要起用更多的昌邑旧部，可得好好规划规划。

这时候，刘贺想到自己的姐夫，昌邑关内侯。姐夫协助过自己处理昌邑朝政，一向足智多谋，运筹帷幄。说不定他可以给自己很多建议。于是，他连夜派人送书信给昌邑关内侯，请他到皇宫一叙。为了显示自己对姐夫的重视，他在温室殿内设立了九宾大礼，以迎接昌邑关内侯的到来。

九宾大礼是历朝历代宾礼中最隆重的礼仪，一般要设九个迎宾赞礼的官员迎宾客上殿。这种大礼非国之大典，国之重臣不能使用。刘贺用这种大礼迎接其姐夫，他又违反朝规了。可是，刘贺在昌邑一向随性惯了，这些礼节有时候对于他来说犹如虚设，他根本没在乎。这次他不再征求群臣的意见了，直接就下了诏书。

当天夜里，他用九宾大礼迎接完姐夫昌邑关内侯，就急不可待地讲起目前的朝中局势，问关内侯他现在要怎么做。昌邑关内侯沉思了一会儿，告诉他："陛下，当务之急，你在朝中要有一批忠于自己的臣子，这样你就不会孤掌难鸣了，在朝议时下的诏令才能有人支持你，你的诏令才能有人执行。"

刘贺叹息道："朕何尝不知？可是朕现在想封赏自己信得过的人，以霍光为首的那些个老臣都不同意啊。"

关内侯建议道："玉玺不是在您手上嘛，您就直接下诏令好了，无须通过朝议。"听到此，刘贺恍然大悟："对啊，朕有玉玺，直接下诏令就好了！皇帝的诏书，谁敢不执行啊！”

刘贺立即让侍臣取来玉玺，他口述诏令，把自己带进长安的二百多昌邑旧部全部封赏个遍。还把本来应该是赏赐给诸侯王、列侯的绶带赏给昌邑国的郎官、谋臣，将皇宫仓库中的黄金、刀剑、玉器等赏给自己的侍臣奴仆。

刘贺封完昌邑旧部后，就开始召集他刚刚封赏的昌邑侍臣一起，在宣室殿中议起政来。刘贺本是个急性子，所有的事情都是想到哪里算哪里。每想到一个主意，就赶紧下诏书。

议政一开始，就有臣下提议，新君上任，要想成就大业，必须起用自己信得过的可靠之人。刘贺一听有理，立马下了第一道诏书：“朕闻高祖登基求贤若渴，吾当效之。贤士大夫有愿为国效力从我游者，吾定能尊显之。布告天下，使明朕意。”意思就是说，我的祖先高祖皇帝求贤若渴，我当然要仿效。贤士大夫有肯为国家效力的，我一定尊敬他，让他发挥才华做大官。于是，这第一道选贤任能，让各地推举有德有才的年轻人到朝廷任职的诏书就这样发出去了。

紧接着，接二连三的他可就发开诏书了。

一天下来，刘贺竟下达了五十多道诏书。

看着宣召官不停地往下传送他的诏令，刘贺胸中志得意满，豪情万丈。美极了！刘贺觉得自己越来越像爷爷武帝了，在帝位上的感觉让刘贺感到自己正雄睨天下，江山任由我指点，这种感觉怕只有皇帝才能体会到。刘贺暗自思忖，在昌邑国臣下们都说我不务正业懒于朝政，现在，我一天之内就发出去五十多道诏书，这种魄力，有谁能及？新帝刘贺现在的状态已经是晕晕乎乎的了！

第 拾玖 回

忠臣苦谏成泡影　新帝颁诏释兵权

古语常言："初生牛犊不怕虎，长出犄角反怕狼。"刘贺就是这样，根本不考虑后果，听不进忠臣谏言。私发诏书，一天五十多份。

他还觉得挺美呢！忙了大半天，他痛快了！忍不住大喊一声："快，给朕拿酒来！"

龚遂急忙劝阻道："陛下，现在仍是居丧期间，您还是不要饮酒为好！"

刘贺不以为然道："爱卿，你怎么还是这样迂腐。所谓成大事者，不拘小节。若总是拘泥于这些条条框框，我们也不会在这么短的时间里发出这么多诏书啊！是吧，哈哈哈！"说完，举起酒杯大叫，"喝！"

侍臣们不敢不听，只得跟着一起喝起来。

酒过三巡，刘贺又下旨："奏乐！"

长乐宫卫尉安乐当即语重心长地劝道："陛下，万万不可啊！饮酒已是大不该了。在先帝居丧期间鸣乐，更是有违祖训，万万不可啊！"

刘贺此时已红光满面，醉眼微睁。他温和地说："爱卿不必多虑，祖训是人定的，朕可以更改。诸事若都按祖训办，什么事情都办不了。"说完大声道，"继续奏乐。"奏了几遍乐后，刘贺仍不尽兴，又大声道："起舞来！"

这一下，龚遂、王吉等一干忠诚辅臣担心刘贺在昌邑时的狂兴复发，扑通一声齐齐跪下，一起劝谏："陛下，万万不可呀！举国仍在居丧，歌舞是绝对禁止的。万望陛下节制，为国民表率。切不可任性妄为啊。再说，陛下您才新登基，宫中尚未开始甄选宫人啊。"

此时的刘贺已经酒兴、舞兴大发，根本收不住了。他恼怒地说："朕已是大汉的天子，本就该好好庆祝。你们尽说些扫兴的话。没有宫人舞女，原来的难道就没有吗？快给朕找一些过来，给朕跳！"众人无奈，只得将原来汉昭帝的舞女召来助兴。

这些舞女已被昭帝冷落多时，这次被新君召见，个个兴奋不已，使出生平绝学，舞得刘贺眼花缭乱，醉眼乜斜。尤其是居中的一个叫蒙的舞女，带着妖娆的秀美，更是让刘贺热血沸腾，龙颜大悦。刘贺当即抓住那个舞女一把拥入怀中，直接抱入寝宫。

王吉等人立刻拦住刘贺，大呼："陛下，不可！万万不可！您这样做会被人说成是秽乱后宫的。"

刘贺一把推开他们，恼怒道："你们都是读书人。不知道夫子有云，食色性也吗？"

接下的日子里，刘贺每天都与从昌邑国带来的旧臣谋臣、侍从官、车马官一起在殿内议政下达诏书，每天都有好几十道。议政完毕，就搬来乐府乐器，让善于歌舞的艺人入宫击鼓，歌唱欢弹，演戏取乐。又调来祭坛和宗庙的歌舞艺人，遍奏各种乐曲。兴奋之余，刘贺还驾着天子的车驾，在北宫、桂宫等地方往来飞驰，惊得宫女宦官四散飞逃，整个后宫也开始对这位新帝议论纷纷，乱作一团。

刘贺的种种"不检点"的行为很快就传遍了整个朝廷，引来一片非议。很多大臣纷纷去找"抱病"在家的霍光，谴责新帝离经叛道。

在家"养病"的霍光，这几天心里像是吞下了黄连苦水，满腔苦楚不知该向谁说。他每天都感到愤懑填胸却又不知该如何是好，几天下来，整个人竟一下苍老了好几岁。霍光没有想到这个被自己扶上帝位的刘贺，竟然是这么个不堪重用的人。新帝刘贺身上已经没有了当年在小昌邑王身上显现出来的率真影子，这还是那个曾经让孝武皇帝喜爱的小昌邑王吗？新帝即位以来的表现可谓是不通情理、任性妄为。看看那些发出的诏书，任人唯亲，排斥老臣，才上任几天，朝廷已经闹得乌烟瘴气，官怨沸腾。当初选立他为帝的时候，就有人说昌邑王奔丧路上的种种不是，自己还没太在意，没想到真的会是这样，竟敢秽乱后宫，简直毫无礼法！是自己选人失察，看人走眼。唉，实在是有愧于孝武皇帝的瞩望啊！

这天，霍光正在家里沉思该怎么办，一群面带愠色的大臣纷纷来到霍府。他们众口一词地数说新帝的不是，霍光听着感到比抽打自己的脸还要难受。

想到刘贺毕竟是自己扶上帝位的，霍光只得劝慰说："陛下还年轻，也才刚刚登基，不懂朝中礼节，有些率性也是人之常情。只要他能好好治理国家，壮大汉朝基业，做臣子的就没有什么好说的。"

霍光话虽这么说，内心其实后悔不迭。刘贺毕竟是自己力排众议推荐继位的。当初力荐刘贺，很大程度上是以为刘贺年轻，在朝中没有任何依靠，一定会感激他，听他的话，那么他这个大功臣继续掌管朝政肯定是稳稳当当的了。哪知道，刘贺不但没有表现出丝毫感激自己之心，反而一登上帝位就将自己冷落一边。现在大臣们责备新帝的种种不是，这不等于是在打自己的脸吗？霍光每每想到这里简直肠子都要悔断了。

霍光这几天在家里"养病"没有入朝，但朝里的一举一动，他都了如指掌。而未央宫的新主人刘贺却没有工夫去琢磨霍光这个时候在家里干什么。

龚遂、王吉见刘贺刚登上帝位就如此轻狂，多次力劝。但刘贺不觉得自己有错，依然我行我素。龚遂心中恐慌不已，十分忧虑。他找到新封的长乐宫卫尉安乐，说道："大王继位之后，竟然不经过霍光大将军，不经过朝中大臣议政，一道一道的诏书发出，如此不懂礼道，任性而为，叫人好生担忧啊。大人，你是皇帝以前在昌邑国时候的丞相，最得皇帝信任，万望大人能在皇帝面前据理力谏，绝不能再拖延啊！”

安乐一听，也是十分担忧，但转念一想，就连擅长于谏言的龚遂都未能让刘贺改过自新，自己又何必再碰个钉子呢？安乐决定，还是观察一段时间再说。

就这样，刘贺继续我行我素，每天发出数十道诏书，全然没有意识到未央宫内外已暗潮汹涌，剧变在即。

这天，刘贺梦见在皇宫西门的台阶上，有一大堆绿头苍蝇的粪便，约有五六石之多，上面盖着大片的屋瓦。刘贺很是不解，如此富丽堂皇的皇宫怎么会有这么肮脏的东西？于是向龚遂询问这是什么意思。

龚遂想了片刻，便说："陛下从前熟读《诗经》，其中不是有这样的话吗？'绿蝇往来落篱笆，谦谦君子不信谗'。陛下的身边，已经有很多奸佞之人了，就像陛下梦中见到的苍蝇粪便一样。陛下应该多和孝昭皇帝时候的大臣在一起，把先帝大臣的子孙当成自己的亲信侍从。如果总是不忍抛弃昌邑国的故交，信任并重用那些谗佞阿谀之人，必将招致祸害。希望陛下能反祸为福，将那些昌邑旧人全部逐出朝廷。我龚遂愿以身作则，第一个走。"

刘贺对龚遂的话根本不以为然。

“抱病”在家的霍光此时是眉头紧锁。刘贺不断发出的诏书，已经触碰到他这个大将军的核心权力了。霍光什么都可以忍，唯一不能容忍的是，刘贺竟然还把节信上的黄色旄（即牦牛尾做成的旗子）改成了红色，这可是一个不太好的兆头。节信就是军令，说明这个愣头青皇帝要开始剥夺自己的兵权了。这一下，把霍光惊出了一身冷汗。

第 贰拾 回

感恩德缓图遭害　谋废立效法先贤

刘贺不顾一切，大刀阔斧改革。改什么？他竟然偷偷地削夺霍光的兵权。这下可激怒了霍光。新帝随便调整兵权那还了得，关乎国之根本！刘贺怎么夺的呢？敢情他私自传诏，把调动军队的节信颜色又给改回了红色，这样一来，霍光就不能调动军队了。这个节信就是兵符，它是代表皇帝授权传令的一种信物，本来是红色的，但是汉武帝时，由于巫蛊之祸，太子刘据被迫起兵“造反”，因为太子刘据手中执有节信，所以汉武帝把节信上的旄改成黄色的，使卫太子手中执有的节信没了效用。刘贺改变这节信上旄的颜色，这是要通过改变兵符的颜色，收回霍光独掌的兵权。这还了得！

霍光暗想：看来刘贺并非如外界传言的一样，是个只知玩乐、碌碌无为的人。从他下的那些诏书看来，他做事只是不循常理，不懂朝廷礼仪，凭着自己的性子胡来。但是他将宫廷防卫抓在手上，又改换调兵节信的颜色，这不是想将朝政大权尤其是宫廷禁卫大权控制在手中吗？看来他的身边是有人在替他谋划大事。虽然刘贺抓权的手法有点拙劣，但如果不加控制，让他羽翼丰满，那后果可就不堪设想了。到了这个地步，逼得霍光不得不开始在心里盘算该怎么办了。

虽然刘贺把龚遂劝谏的话当成了耳边风，但刘贺身边的亲密谋臣不乏清醒之人，其中就有一个跟随他多年的门客，敏锐地感觉到了朝臣们对刘贺的不满，尤其是大司马大将军霍光手握重权，权倾朝野，但自从新帝登基后，就一直称病在家，这有点不太正常。

这位谋臣多次私下里劝说刘贺："陛下，您若是真的想建立自己的势力，施展自己的雄图，就必须除掉霍光。否则您实施的这些诏令就不会得到有效的承认和执行。"霍光位高权重、声名显赫，刘贺何尝不知！只要霍光在朝一日，自己就和先帝刘弗陵一样只能是个摆设和道具。相信孝昭先帝当皇帝十三年的处境和现在自己的处境是一样的，尽管心有不甘，但也只能是无可奈何。自己能从偏安一隅的昌邑王一夜之间变成至高无上的大汉天子，可以说全是霍光的功劳。帝位还没坐安稳就开始算计除掉霍光，且不说自己有没有这种实力，仅仅从做人上来讲，自己也不能这么干呢。

刘贺心里明白，霍光拥立自己为帝，并不是自己的能力和德行比广陵王刘胥出色多少，也不是霍光出于对自己的忠心，而是因为霍光觉得自己年轻，没有政治经验，更没有在朝势力的匡扶，这样的皇帝才不得不依赖他的辅政。只要霍光在朝一日，他是绝对不会把朝政主动还给皇帝本人的。先帝刘弗陵到死都没有等到能够亲政的那一天，这就是先例。霍光力挺自己上位，再怎么说都是自己的贵人啊，要除掉他未免太不仁义了。自己现在毫无根基，朝中很多事还得倚仗霍光。还是慢慢地冷落他，逐渐削掉他的势力，水到渠成时再把权力全部收回来，最后让他告老还乡比较好。凭借自己目前的实力，要除掉霍光，不仅可能做不到，说不定还会引起动乱。

刘贺并不傻，想到这儿，立即对谋臣正色说道："千万不可再妄言了，大将军是三朝元老，国家的柱石之臣，我们怎么可以那样做呢？"

谋臣力劝道："陛下，当断不断，反受其乱啊！"

刘贺故作严厉地说："不得胡言，我自有主张。"刘贺虽然表面上呵斥了谋臣，但是他心里也开始暗暗考量。要削弱霍光的势力，必须先得笼络人心。前期在任用昌邑旧部问题上引起了大臣们的非议，现在看来确实是操之过急，需要弥补一下。自己虽然贵为天子，但如果能主动屈尊俯就，相信也能争取一批人。

一想到这儿，刘贺立即派谋臣携带黄金等重礼主动拜访朝中大臣。他听说侍中君卿贪恋美色，刘贺亲自写信给侍中君卿表示问候，并派遣中御府令高昌携带一千斤黄金送给侍中君卿，让他娶十个老婆。这不整个一个瞎搞吗！刘贺可不管那个，一个字"造"！

刘贺在昌邑时平日里就大手大脚地花钱惯了，当了皇帝后，性情一点儿也没改变，不是今天赏赐这个人黄金，就是明天赐那个人珍宝，没几天，从昌邑携带进京的财物就倒腾完了。刘贺要谋臣去拜访众位大臣，礼品轻了可不行。皇宫里的财物倒是很多，但是自己刚刚当上皇帝又不便马上动用，前几天刚从宫中拿几件东西赏赐下人，就已经饱受后宫和大臣们的诟病了，宫中的珍宝等以后再取用也不迟。

天下都是自己的，还愁没有好东西？一想到此，刘贺便拟了一道道诏书，派使节携带皇帝的符节，向各地官署征集物资。

在刘贺这么一通胡折腾时候，霍光在干什么呢？霍光开始策划“废帝行动”了。霍光首先想到自己的亲信旧部、掌管全国经济事务的大司农田延年。这天深夜，他亲自拜访田延年，商讨如何对付这个令人头疼的新帝。

田延年倒是痛快，直截了当地就说：“将军身为国家柱石，既然认为此人不行，何不禀告太后，改选贤明的人呢？”

霍光叹口气说：“老夫也想如此啊，可是如果这样会不会落得个不忠不孝的谋逆之名啊？大人博学多才，可知前朝有人这样做过吗？”

田延年当即告诉他：“当年伊尹在商朝为相，为了国家的安定而将荒诞不经的皇帝太甲废黜，后人因此称颂伊尹忠心为国。如今将军若能这样做，就会成为当朝的伊尹。”

霍光一听这个，心中豁然开朗。这个伊尹可是商朝初年著名的丞相，曾辅助商汤灭夏朝，为商朝的建立立下了汗马功劳。伊尹继商汤之后又辅佐太甲为帝，但是太甲不修德政，昏庸暴虐，破坏了商汤法制。伊尹便将太甲废黜，自己代替太甲执政，才保全了商朝的江山社稷。

霍光心想，既然前朝已有先例，现在自己又有田延年的支持，还需要担心什么呢？再不行动的话，自己就有可能朝夕不保了。但是，废黜之后怎么办呢？霍光心念又是一转。伊尹可以代帝执政，那是因为他有足够的功劳和威望资格，自己可没有伊尹那样的名望，可不敢像伊尹一样公开地干代帝执政的事。皇帝还得再选一个合适的人来干，免得自己身上落下个洗刷不掉的篡逆恶名。

霍光于是当即任命田延年兼任给事中一职。这给事中一职是干什么的呢？原来，自秦朝开始就设置了给事中一职，为加官，位次中常侍，无定员。所加之官或为大夫、博士或议郎，御史大夫、三公、将军、九卿等亦有加者。给事中是一种加官，虽无特定官名，却可以掌管宫禁，权力很大。随后，霍光又找来自己的嫡系车骑将军张安世，一起秘密谋划如何废黜刘贺。

此时，长安城未央宫内外已是阴云密布，剑拔弩张。大家都预感到会有一场剧变一触即发。每天忙着发布诏书的刘贺却丝毫没有感觉。

这天，天气闷热不堪，刘贺与侍臣议政疲累后，想去狩猎放松一下。光禄大夫夏侯胜当即挡在车驾前劝阻道："天气久阴不下雨，预示着将有人对皇上不利。陛下还是不要出宫为好。"刘贺根本听不进去，夏侯胜情急之下竟然跪在刘贺的车驾前阻挡车队出宫。刘贺顿时大怒，命人将其捆绑，交官吏治罪。自己打马扬鞭就出城了。

夏侯胜呢，看着远去的刘贺长叹一声：“唉！陛下，休矣！”皇上完了！

第 贰拾壹 回

未央宫践行废帝　承明殿宣读诏书

夏侯胜冒死劝阻新帝出行。刘贺不但不听，反而把夏侯胜给逮起来了。处理此事的官员把夏侯胜冒死劝阻新帝出行的事秘密报告给了霍光，霍光大吃一惊。霍光以为是张安世将计划泄露了，便责问他。但张安世发誓并未将计划泄露半分。霍光让人连夜审问夏侯胜，夏侯胜回答说："《鸿范传》上说，'君王有过失，上招天罚，常会使天气阴沉，此时就会有臣下谋害君上'。我不敢明言君王有过失，只好说是'臣下有不利于皇上的阴谋'。"霍光、张安世闻言大惊，见夏侯胜如此博学多才，担心他再回到刘贺那边说服刘贺，便立即放了夏侯胜，并对他礼遇有加，以此换取夏侯胜的信任，收买夏侯胜。

其实刘贺身边像夏侯胜这样的忠臣本来是有很多的，然而由于刘贺始终不听劝诫，在帝位上任性而为，渐渐地，许多原来对霍光独揽朝政不满的大臣，也纷纷改变立场，反而投靠了霍光。除了昌邑的旧臣，刘贺几乎已经是众叛亲离了。

夏侯胜事件发生后，霍光认为废黜刘贺之事不能再拖，必须立即动手。他连夜与田延年、张安世商量对策，决定第二天就实施。由霍光召集文武百官对当今皇帝的行为进行商议。

第二天，趁着刘贺外出狩猎未回的时候，霍光把群臣召集在一起。议政一开始，霍光一改议立刘贺为帝时沉缓的语调，声音铿锵，言辞激昂地说道："各位大人，昌邑王登基已近一月，然而他行事昏庸，目无礼道，老夫觉得他并不能承担维系汉室的重任，不知各位大人认同与否？"

群臣听闻霍光竟然称呼皇帝为昌邑王，又直言他不能维系汉室重任，全都大惊失色，迷惑不解。此时的霍光面沉似水，双目如电，内冒凶光，杀气袭人。群臣都只唯唯诺诺，谁也不敢发言。大家心中却暗想，这把昌邑王刘贺扶上皇位的可是大将军您啊，现在又说他不能承担维系汉室的重任，大将军这是唱的哪出戏啊？

霍光早已料到群臣会有这种反应，他将目光投向了大司农田延年。田延年会意，马上离开席位，走到群臣前面，手按剑柄，大声说道："孝武皇帝将幼弱孤儿托付给大将军，还把国家大事交与大将军，是因为相信大将军忠义贤明，能够保全汉室江山。如今朝廷被一群奸佞小人搞得乌烟瘴气，国家危亡。我大汉历代皇帝的谥号都有一个'孝'字，为的就是江山永存，宗庙祭祀不断。如果汉室江山就此倾覆，大将军以后有何脸面见先帝于地下呢？今日我们必须立即做出决断，群臣中谁若不响应或者最后响应的，我将用剑将其斩首！”

霍光接过田延年的话头说道：“大司农所言极是！新帝虽然是老夫力荐的，但现在国家因为他而不得安宁，老夫应当受到责罚。”

群臣看着霍光和田延年，明白霍光已经下了废黜新帝的决心。大臣们这些天已经对新帝刘贺的所作所为十分不满，现在见田延年慷慨激昂，霍光目露凶光，谁还敢有异议？于是，都说道：“万民的命运，全赖大将军，我等皆听从大将军号令！”

这出戏本是霍光与田延年合谋策划好的，霍光唱白脸，田延年唱红脸，两个人一唱一和，演了一出好戏。霍光和田延年的这番表演，将众大臣的立场迅速统一起来了。此时，朝廷的兵权都在霍光的手中，他已命令亲信们做好了准备。不是说刘贺发诏书改变节信颜色了吗？他那诏书谁听啊，根本出不了未央宫就被霍光给截了。

公元前74年8月14日，刘贺登基刚好二十七天。刚和群臣们商议完废帝之事的大司马大将军霍光身着内甲，腰悬利剑，手握已经起草好了的废帝诏书，率丞相杨敞、车骑将军张安世、大司农田延年、前将军韩增、后将军赵充国等一干重臣，前往长乐宫，请上官皇太后主持大局。上官皇太后是霍光外孙女，此时自然是完全听霍光的。

上官皇太后依照霍光的安排，乘车驾前往未央宫承明殿，下诏命皇宫各门不许放昌邑国群臣入内。不多时，皇太后下诏召刘贺觐见。

刚刚狩猎回宫的刘贺听说太后召见，感到有点突然，问道：“太后为什么突然召见朕？”皇太后派来的侍臣没有回答，只是命宦官们将宫门关闭，并宣布不让昌邑国群臣入内。这是为了防止在诏废刘贺帝位时，遭到这些昌邑国的大臣们反抗。

刘贺吃了一惊，问道：“这是干什么？”侍臣回答说：“皇太后有诏，不许昌邑国群臣入宫。”刘贺说：“这又是为何？他们是朕的臣子啊！”侍臣不为所动。

没有了熟悉的侍臣，只见到皇宫内武士林立，刀枪耀眼，横眉立目，突然戒备森严，增加了许多平日里没有见过的侍卫，刘贺意识到要出事了。但是他已没有思考的时间了，只能故作淡定地只身前去。

刘贺步入大殿后，只见太后身披用珍珠缀串而成的短衣，头戴凤冠，身着凤袍，一脸威严地坐在武帐之中，数百名侍卫手握利刃，与持戟的期门武士排列于殿下。文武群臣按照职位高低依次上殿。太后的近臣大声宣召刘贺上前伏于地下，听候宣读诏书。

这时，车骑将军张安世来报太后：“微臣率羽林、期门二军已将昌邑国大小官吏全部擒获，二百多人一个也未走脱。”刘贺至此方知大祸临头，扑通一声，拜伏于殿下，心里惊恐万分，体似筛糠，瑟瑟发抖。

尚书令丞相杨敞朗声宣读诏书，列数刘贺种种罪状，从奉诏进京，一直到主持昭帝葬礼直至登基以后种种荒诞言行。当说道与孝昭皇帝一位叫作蒙的宫女淫乱，还下诏给掖庭令：“敢泄言者，腰斩！”气得皇太后大呼“可恼”。只见上官太后厉声呵斥：“停下！你作为先帝的臣和子，竟会如此悖逆荒诞吗？！”此时的刘贺被突然的变故惊得六神无主，只有伏地请罪。

杨敞继续宣读：“即位以来二十七天，向四面八方派出使者，持皇帝符节，用诏令向各官署征求调发，共一千一百二十七次。荒淫昏乱，失去了帝王的礼义，败坏了大汉的制度。臣等多次规劝，但并无改正，反而日益加甚，恐怕这样下去将危害国家，使天下不安。臣等一致认为，‘当今圣上继承孝昭皇帝的帝位，行为淫邪不轨’。皇帝既然不能承受天命，侍奉宗庙，爱民如子，当废黜之！故此，臣请求太后命有司用一牛、一羊、一猪的祭祀大礼，祭告于高祖皇帝的祭庙。”

上官皇太后当即说：“准奏。”

霍光前跨一步来到刘贺身旁，命令刘贺站起来，接受皇太后诏书。刘贺跪在那儿，抬头仰望霍光，看霍光与往日不同：

> 只见他头戴一顶进贤冠，双垂飘带撒胸前；内衬一身麒麟铠，里吞外爹遮体严。紫锦袍大带盘，三尺清泉肋下悬。芙蓉面似三秋水，剑眉倒竖虎目圆。区区七尺男儿汉，一团煞气现眼前。

刘贺看霍光一霎时好像成为了顶天立地的一尊天神！

时至此，刘贺彻底明白了。霍光这是借皇太后之名要废掉自己。没想到这家伙下手竟然这么快，真是先下手为强，后下手遭殃啊！悔不该当初没有听谋臣的话，以至于有了今日之祸！

刘贺稳了稳心神，站起身行，把身子这么一挺，他要困兽犹斗。

第 贰拾贰 回

归故里帝王成民　聚文武再议立君

承明殿霍光废刘贺，一开始刘贺蒙了，他哪见过这阵势。等宣完了诏书，刘贺在霍光面前一下子站起来了，他对着霍光和满朝文武，大声训斥抗争道：“古人说，‘天子只要身边有七位耿直敢言的大臣，即使无道，也不会失去天下’。因为这些耿直敢言的大臣能够辅助天子，即使天子有什么不当之策，也可以及时改正。你们不是口口声声自称是耿直敢言的大臣吗，朕若有所失，你们也有责任！”

嗬！刘贺一番话说得义正词严，众大臣还真都不敢回应，大殿里一片沉静。

见此情景，霍光厉声大喝：“皇太后已经下诏将你废黜，你怎还能自称天子？何况你连年号都没有，不过是昌邑旧王而已。”霍光说完，不由分说，上前一把，抓住刘贺的手，强行将他身上佩戴的玉玺绶带解下，转身呈献给皇太后，伸手将刘贺拉下大殿。就在众臣的目瞪口呆中，霍光亲自将刘贺押出了皇宫。

在押送刘贺出宫的路上，霍光一直在考虑接下来该怎么处理这个让他头疼万分的人。自从动了要废掉刘贺的心思，霍光一直没有想好该如何处置刘贺。

“是一劳永逸地将他除掉，还是让他回到昌邑故地？”霍光心里反复地权衡着，“自己将刘贺力挺上位，现在又将他从帝位上拉下来，刘贺的命运在短短的时间里，发生了惊天逆转。刘贺本来在昌邑国悠闲自在好好的，是自己将他带入了这种大喜大悲的境遇。”

“如果将他除去，世人会怎么看待自己？”霍光寻思着，“自己效仿商代伊尹放逐太甲的典故而废掉刘贺，但伊尹并没有杀掉太甲，只是放逐了太甲。如果自己将刘贺杀掉，那谋逆的恶名必将背在自己身上，怕是永远也洗刷不清了。但如果不杀刘贺，他一旦回到昌邑故地，像当年燕王刘旦那样生谋反之心，以他曾经是皇帝的身份和这种轻狂的性情，只怕会被人利用。如果一旦真是那样的话，也将不利于汉室江山社稷的稳固啊。”

霍光再一想，武帝当年再三地嘱咐自己要善待李夫人的后代！如果杀掉刘贺，又怎么对得起武帝当年的嘱托呢？怕是到了地下也不好与武帝见面哪！“罢！罢！罢！既然效仿伊尹就效仿到底，还是像伊尹放逐太甲一样，让刘贺回昌邑算了，自己也落得一个大度仁爱的英名！不过，王是不能让他再当了，应当废除昌邑封国，把他贬为庶民，这样他就没有能力造反了。考虑他毕竟做过皇帝，还得赐予他汤沐邑两千户，让他衣食无忧也就可以了。

霍光又想："刘贺这个人留着也有他的好处，只要这个人在，将来无论是谁接任了皇位，都得老老实实地听自己的话。要知道伊尹最后可是将改过自新的太甲重新迎回了帝位的。如果接任的皇帝不听话，自己将来还可以用刘贺来敲打敲打他。这个像太甲一样被放逐的皇帝，从效仿历史典故来讲，还是存在被迎回帝位的可能的。只要刘贺在，就是对接任者最有效的警告！"想明白这一点，霍光终于下定了最后的决心。

就在霍光思前想后最终下定决心的时候，押送刘贺的马车已经驶出了皇宫。刘贺下车朝着未央宫长拜道："唉，都怪我太无能，皇爷爷，孙儿对不起您啊，都怪我无能，没法担当我们汉室大任！"

看着刘贺惶恐不安的背影，霍光顿时心生恻隐。刘贺虽然没有承担社稷重任的能力，但也不是大奸大恶之人。如果刘贺像燕王刘旦一样心狠手辣，这场争斗还不知道谁胜谁负呢，说不定自己的人头已经不在脖子上了。最重要的是，刘贺不懂政治，不懂权谋，也不懂得收买人心。这样的人只要不给他权力，留着他应该也没有什么后患。这样自己还能像伊尹一样落得一个忠义的美名，对孝武皇帝临终前的嘱托也算有了交代。

在与刘贺告别的时候，霍光语重心长地说道："大王的行为是自绝于上天，我宁愿对不起大王，也不能对不起社稷！希望大王自爱，我不能再侍奉于大王的左右了。”说完，霍光还掉了几滴眼泪，也算是洒泪而别。

随刘贺进京的两百多随从，被霍光定罪为辅佐不力，使刘贺干出不仁不义的事情。除了龚遂、王吉、王式少数几个谏臣外，其余的全部被处斩。

当刘贺的这群昌邑国旧臣随从被押解刑场，走过长安大街时，他们不服地高喊：“当断不断，反受其乱！”

话说昌邑国这天，暴雨如注，雷声隆隆，狂风怒吼，似有千般冤情，万般委屈。天地之间，弥漫着一股阴沉肃杀之气。在被暴雨倾泻成天地一体的混沌之中，一辆马车由远及近飞奔而来，就像刚从地狱中冒出来一般。马车上坐的主人正是刚刚被废黜的刘贺，正被遣送回原昌邑故地。跟之前被使臣迎去长安时的大张旗鼓、浩浩荡荡不同，被废后的刘贺，这个时候是无尽的孤独凄凉，他是灰溜溜地回到了昌邑故地。

好在大司马大将军霍光出于多重考虑，并没有把刘贺怎么样，不仅保全了他的性命，而且还让他回到原来的昌邑封地。只是原昌邑国已废去，改为了山阳郡。刘贺回去自然是当不了昌邑王了，但霍光还是让朝廷赐给了汤沐邑二千户，并且将从前昌邑国的家财悉数全部赐给了刘贺继承，让他生活无忧。刘贺的四个姐妹也各被赐了汤沐邑一千户。

年轻的刘贺还没有从执掌最高权力的亢奋中缓过神儿来，就被一场突如其来的宫廷政变从至尊的皇帝宝座上给拉了下来，而且身边最亲近的谋臣、仆从一夜之间几乎被诛杀殆尽，所剩无几。刘贺虽活着回到自己的封地，可从前的臣子、玩伴已经不在了，迎接他的只有空荡寂寥的王府。他曾经拥有的权力以及由权力带来的喧嚣、热闹，都已经成了镜花水月。由于被废黜回封地后，被剥夺了诸侯王的称号，那座在金山上劈山建造的陵墓，最终只得半途而废，竟成了一座废冢。

对于霍光将自己从帝位上拉下来，刘贺心中是万般无奈，怨愤不已。但是霍光并没有像对待其他昌邑旧部那样杀掉自己，刘贺又感到些许庆幸。让刘贺最感难以面对的不是自己一朝失去了皇位，而是那些被霍光处死的二百多昌邑旧部的家人。是自己将他们高高兴兴地带进长安去共图大业，现在却没能将他们活着带回来，每想及此，刘贺就觉肝肠寸断。自己倒是活着回家了，但是却如何去面对他们的家人？刘贺全然没有意识到，在这场霍光联合皇太后发动的宫廷政变中，自己的性命其实早已在刀锋上转悠过几个来回了。霍光没有杀自己，并非自己命大，而是霍光也有不得已的苦衷。

刘贺被废后，霍光和朝中大臣们又在一起商议立谁为帝。广陵王刘胥当然是依然不行，该选谁呢？

正在大伙一筹莫展的时候，曾经前去迎请昌邑王刘贺进京的光禄大夫邴吉上书给霍光进言，说奉孝武帝遗诏，养育在掖庭的汉武帝的曾孙刘病已如今已 18 岁了。掖庭就是宫中的小偏舍，宫女居住的地方。刘病已出身皇室，长在民间，品行端正，是当年戾太子的嫡孙，按辈分是刘贺的侄子一辈，具备继承大统的条件。

希望霍光对刘病已详加考察，那么这个刘病已是不是能够继承帝位呢？大将军霍光还真对他进行了严格的考察。

第 贰拾叁 回

受拥戴宣帝登基　还故里惨淡生活

未央宫霍光废了刘贺，直接贬为庶民。这落差也太大了，昨天还是高居庙堂万人朝贺的真龙天子，转眼便成了偏居一隅的百姓小民。这就是宫廷斗争，何其残酷！

刘贺是被废黜了，摆在霍光面前的问题又来了，谁继承皇位？总不能这么空着吧。就在这时光禄大夫邴吉上书进言，他推荐汉武帝曾孙刘病已可以作为候选人。霍光还真知道这个刘病已。

当年在巫蛊之祸中，太子刘据自缢而亡，并牵连甚广，数万人遭殃，刘据的王妃妾室、后代子孙几乎无一幸免，均被诛杀。刘病已当时尚处于襁褓之中，刚几个月大，因当时负责此案的官员邴吉起了恻隐之心，舍命庇护，才得以逃过一劫，被送入郡邸狱中，靠喝狱中女犯人的奶水才侥幸存活下来。

后来，汉武帝晚年生病，听身边的方士说，长安城的监狱中有“天子之气”，于是下诏派使臣通知长安各个监狱，无论罪行轻重，将在押犯人一律处死。廷尉监邴吉拼死保护刘病已，并使人传话武帝说：“皇曾孙在此。普通人都不应无辜被杀，更何况皇上的亲曾孙呢？”

这时的武帝已经意识到太子刘据在巫蛊之祸中是遭人陷害而死，自己精心培养多年的接班人太子刘据死得冤。他得知刘据的孙子、自己的曾孙竟尚在人世，想到自己从前竟听从小人的煽动，将自己的爱子逼迫致死，不由得老泪纵横，感慨万千，叹息道：“这一定是上天让邴吉这样做的啊！”随后，武帝下诏大赦天下。之后，邴吉将刘病已送往其母亲史良娣的娘家生活。刘病已才得以顺利长大成人。

公元前 87 年，汉武帝驾崩。临终前，汉武帝想到自己对太子刘据和卫子夫皇后的愧疚，留下遗诏，让皇曾孙刘病已在掖庭居住，并命掌管皇室宗籍事务的官员为他登记属籍，还郑重地将刘病已托付给霍光，要他照顾好刘病已。自此，刘病已在掖庭生活，其宗室地位得到了皇室承认。

霍光琢磨，这个刘病已可是一个比刘贺还要理想的人选。刘病已既没有强有力的外戚支援，也没有像刘贺那样成型的封国班底。他虽名列皇族，却更像是一介平民。他是戾太子的孙子，按辈分正好又是被废掉的刘贺的侄子一辈，让刘病已接位倒也是顺理成章。这个布衣没有任何依靠，当了皇帝后除了一切听他这个大司马大将军的，还能怎么样呢？再加上孝武皇帝临终时也对自已嘱咐过要照顾好戾太子的遗脉，推举刘病已接位，无论从哪个方面考量，都是最妥当的。

经过一番考察之后，霍光把刘病已推上了皇位。刘病已接任皇位后改名为刘询，这就是历史上有名的汉宣帝。

宣帝刘询可是熟知伊尹放逐太甲的典故。他知道伊尹是商初的名相，为商朝的强盛立下过汗马功劳，辅佐过商朝几代君王。当辅佐到成汤的嫡长孙太甲时，由于太甲统治暴虐，不遵守成汤规制，百姓怨声载道，给国家带来了巨大的隐患。于是，伊尹把太甲流放到成汤的葬地桐宫，让他在那里反省自己。在放逐太甲的这段时间里，伊尹代理行使君王权力，主持国家事务，并且接受诸侯朝见。霍光援引“伊尹放逐太甲”的历史典故废黜了刘贺，但是并没有像伊尹一样代帝执政，而是把自己这个已是布衣的皇室扶上了帝位。尽管国家大事全部都是霍光在决断，但是在形式上还是由自己这个皇帝来颁布诏令。如果没有霍光的首肯，自己是不可能接任帝位的。

宣帝多次暗自思量，霍光经常跟自己讲述伊尹放逐太甲这个典故，用意并不只是在废黜那个环节，霍光要让自己警醒的是后面的环节。太甲在桐宫居住了三年，经过深刻的反省，他终于悔悟了自己的罪过，下定决心改过自新。于是，伊尹又把太甲帝接了回来并且把国政交还给了他。从此以后，太甲帝修治德政，勤于治国，四方诸侯又重新归顺，百姓也获得了安宁。

宣帝刘询知道，霍光之所以屡次提起这个典故，用意就是提醒自己要听话。自己的前任刘贺只是像太甲一样被放逐，如果自己不顺从不听话，那么援引这个历史典故，霍光还可以把自己废掉，再迎请刘贺归位。这个被逐出未央宫回到昌邑旧地的前皇帝，就是霍光随时可以用来敲打提醒自己的一枚棋子。

对前任刘贺，宣帝刘询心里也有着十分复杂的心绪。他对刘贺被霍光立与废中跌宕起伏的悲境遭遇感同身受，充满同情。同时，宣帝又对在霍光的操持下刘贺存在着随时取代自己帝位的可能，充满了焦虑。这个刘贺在敢于作为方面比自己强，而且有二百多昌邑旧部可以使用，竟然都被霍光给废黜了。自己可是什么班底都没有，为了避免成为第二个刘贺，必须一切顺从霍光的意思。霍光经营了几十年的势力盘根错节，遍布朝野，权倾天下。可以说，霍光实际上是不叫皇帝的皇帝，而自己这个皇帝则只是个名义上的皇帝，说白了就是个傀儡。霍光已经六十好几了，而自己才年方十八，时间的天平在自己这一边，只能让岁月来消磨一切了。只有隐忍隐忍再隐忍，自己才有可能笑到最后。对被废黜的前皇帝刘贺，只要不威胁到自己的帝位，该优待的要优待，他毕竟是自己的皇叔，优待刘贺也可显示自己的宽厚与圣明。

所以，无论是效仿伊尹放逐太甲，还是要对得起先皇武帝的临终嘱咐，抑或是不想将来留下恶名，霍光都有不能杀刘贺的考量。尤其是霍光要留着他以制约刘询，这才是他能够保全性命的关键。然而，虽说刘贺保全了性命，生活无忧，但他已经时刻处在霍光和宣帝的监视中。时不时便有官员上门拜访，借探望之名，行监视之实，试探刘贺是否还有重返帝位的心思。刘贺心里清楚，这些找上门来的人既有霍光的人，也有宣帝的人。

那么刘贺在昌邑王府到底怎么样了呢？刘贺可惨了！自从被送回昌邑故地的那一刻起，刘贺便像变了一个人似的，曾经的意气风发、狂妄随性都没有了，他变得萎靡不振、意志消沉，仿佛一下老了十多岁。毕竟受的打击太大了！刚回昌邑老家的头几天，刘贺每天在府中盘坐着，一言不发，滴水不进。那些过去经常交往的王公贵戚，一个个避之唯恐不及，没有人来真心劝慰自己。而那些主动上门来的基本上都是朝廷的眼线，刘贺觉得自己的人生已经没有多大的意义了。面对被杀的昌邑旧部家人们悲痛的面容，刘贺终日以泪洗面，他甚至想到过自杀，以谢天下。

最后还是一个已经退休回老家、侍奉过昌邑国两代大王、亲眼看着刘贺长大的老侍臣听说了刘贺的遭遇后，心疼刘贺，特地从乡下赶过来看望他。

老侍臣细细宽慰刘贺道：“大王，咱不当那个皇帝也罢，皇宫太复杂太危险了，您看您这次进宫多险啊，能活着回来就已经是万幸了，那些您带去皇宫的人可就没有这么幸运了，他们是尸骨无还啊。大王您可千万不要想不开啊，那些死去的昌邑旧部们在天之灵可还指望着您能照应他们活在世上的家人呢。您一向体谅爱护下人，这些仍然活着的人还都是您的食邑啊，他们现在可只有您才能倚靠啊。您要是想不开，那些死去的臣属们怕是永远不得安息啊！”

俗话说，这话就是一把开心钥匙，一言兴邦一言丧邦！老侍臣的这几句话，惊醒了刘贺。他这才要重振精神，以图大事。

第 贰拾肆 回

重振作闭门苦读　忍四载终于亲政

人情似纸张张薄，世事如棋局局新。
贫居闹市无人问，富在深山有远亲。
北邙荒冢无贫富，玉垒浮云变古今。
世事茫茫难自料，清风明月冷看人。

刘贺被贬还乡，一蹶不振。这时候服侍过刘贺父子两代的老侍臣来了。老人家劝说了刘贺一番。说到死在长安的昌邑旧部，刘贺不觉心中一烫，两行热泪夺眶而出。老侍臣说得在理，自己如果一死了之，自己倒是解脱了，但是那些指望自己照护的人可怎么办呢？带去长安的臣僚们死了，他们留在世上的家人自己可是有责任去照护啊。自己不是还有二千汤沐邑吗？

老侍臣接着劝慰道：“您回昌邑不也挺好的吗？虽说没有了昌邑王之称，但是这里有天下最辽阔的森林，还是可以供您骑马驰骋；这里有天下最好的乐师可以为您弹奏，还有天下最美的舞女可以为您舞蹈。在我们府中您依旧是至高无上的王，而且没有京城皇宫那么多的规矩，您想怎么样就怎么样，多好啊！人生无常，还是活着最重要啊！”

刘贺细细地想，自己还是太稚嫩了，在帝位上过于任性，根本就不是霍光的对手。也罢！能活着回来就好，能享受生活就好，反正自己还有钱，不能再辜负这大好的时光。想到此处，刘贺立马大声说道：“给我把之前我最喜欢的乐师、舞女叫来，给我把我最爱喝的美酒端上来，给我把我最爱的千里马备好，我要好好地活！”总之，刘贺又开始振作起来了。

没过几天，在原昌邑王府中，灯火又开始彻夜通明。钟鸣鼎食，酒池肉林，喧嚣不已，又是一派歌舞升平的奢靡景象。在山阳郡辽阔的田野上，常常能看到刘贺带着一群人策马飞奔，如同狂风呼啸，巨大的烟尘掀向空中，飞奔的铁蹄如同擂响的几十面战鼓，吓得林中的动物四散而逃。较之以前，刘贺似乎更加狂妄，他肆无忌惮地骑马狩猎饮酒，迷醉于声色犬马之中，释放着内心巨大的压力。

然而，无论如何癫狂，刘贺再也无法找到过去那种纵情玩乐的趣味了。表面的放纵，依然难以解开刘贺从天堂到地狱的内心郁结，只不过是让他暂时地逃避不敢直面的现实罢了。

有一天，刘贺一边喝着闷酒，一边听着乐师弹奏。几杯过后，刘贺只觉得心中的郁结越来越紧。一曲终了，他低头定定地望着盛满美酒的双耳杯，只见杯中倒影现出一个萎靡不振、畏畏缩缩、病病恹恹的小老头——这个瘪塌的倒影是自己吗？那个曾经风流倜傥的昌邑王哪儿去了？那种当年前呼后拥的气派哪儿去了？现在的自己，就是一只被赶下皇位的丧家之犬。刘贺暗叫着自己的名字，“刘贺呀，你可不能就此沉沦！那些死去的部属们还在天上看着你呢！”刘贺想起老侍臣劝慰过自己的话，双手紧紧攥住双耳杯，将酒一饮而尽，然后“啪”的一声，将酒杯摔到地上，砸了个粉碎。

刘贺下了决心，要彻底从颓废中走出来，重新拾起这些年来已经荒废的学业，诵读经典，培养心性。他要好好地活着，既是为了自己，也是为了那些因他而死去的部属们。

就这样，刘贺在被废黜后经过短暂的疯狂宣泄之后，开始沉静下来学习。过去不求甚解的《尚书》《礼记》《论语》《易经》等典籍，刘贺找出来一遍遍地研读，竟然没有了过去的厌倦。不知不觉中，刘贺的心性愈加沉静，他整天闭门不出，只和王府中人在一起。刘贺仿佛和过去的放纵一刀两断了。

自从刘贺开始沉静以后，从前夜夜笙歌的故昌邑王府，突然变得萧瑟冷清起来。刘贺在诵读典籍之余，经常在庭院内踱步。奴仆们有的已经离开了王府，有的按照吩咐已经散去。夜深处，几盏油灯微微照亮了厢房，一轮皓月挂在当空。刘贺停下脚步，抬头望月，却只见此时明月凌空，是个赏月的好日子。可惜他的心情却充满怅然，无暇去欣赏这一轮玉盘般的月色。

忘乎所以，终招祸患。刘贺不断地咀嚼着这八个字。突然被推举为皇帝，和自己敬重的爷爷汉武帝一般，得到掌控天下的权力；却又突然被罢黜，被遣送回了老家，甚至之前的封王都被剥夺。人生起伏，个中滋味，只能自己细细品味，咀嚼每一分苦涩，每一分懊悔。刘贺停住脚步，望向天空，心想，若是当初自己能够稳重、收敛一些，如同孝文帝一样，面对突如其来的皇位，小心谨慎，是不是也能最终安稳地掌握朝中大权呢？

刘贺思绪联翩时，却突然感觉到月光映照下不远处的树影，竟然无风自动了一下。

刘贺惊觉，感到有人在窥视，厉声呵斥道："什么人？还不出来见我！"

只见树丛一分，从里边闪出一个人来。是一个穿着麻布衣服的年轻女子从树后走出。刘贺一见，不由一愣。只见这个女子容貌清秀，眉宇之间有一种凛然之气。可是看穿着又像是自己府中奴婢，大概是王府中这两天新收的婢女，自己从未见过。

借着月光，刘贺细细端详，沉声问道："你是何人？在此鬼鬼祟祟窥探什么？"

只见女子款款下拜："小女罗紨，家父是严延年。"

刘贺心中一惊。他听说朝中有一位叫作严延年的官吏，在自己被罢黜以后，上奏宣帝弹劾霍光，说他"擅自废立皇帝，没有臣下的礼规，不仁道"。刘贺对严延年为自己仗义执言心存感念，赶忙扶起罗紨，询问她父亲的情况。

罗紨对着刘贺又深深地施了一礼，长叹一声，将严延年弹劾霍光后的情况向刘贺细细道来。

原来严延年弹劾霍光的奏章压根就没有能够到达宣帝的案头，在霍光把持的朝堂里，严延年的弹劾奏章如同石沉大海，没了声音，却让霍光心里起了十二分的忌惮。之后，严延年又弹劾当初和霍光一唱一和的田延年，结果引火上身，反被田延年弹劾，霍光要拿他问死罪，严延年得知消息后连夜逃亡，连家都不敢回。而严延年的家眷，也因此不得不颠沛流离，辗转逃亡。在逃亡途中罗紨和家人失散，不知道流落何方。哪知道，竟有如此巧合，被刘贺府上作为用人招入。自从知道自己竟然进入了故昌邑王府后，罗紨就一直在寻找机会和刘贺见面，今夜见刘贺独自一人对着月光怅然若失，她隐在树荫里正想上前，不想正被刘贺发现。

听完罗紨的述说，刘贺对罗紨油然生起怜惜之情。同是天涯沦落人，归根结底罗紨也是因为自己而与家人失散流落，她现在虽然是罪臣家属，但自己有责任照护好罗紨。见罗紨容貌秀丽，刘贺心中一荡。刘贺索性将罗紨纳为妾室，让她终日陪伴在身旁。

很快，几年的时光转瞬间就过去了，历史的大幕又开启了新的篇章。

公元前68年，四朝权臣霍光因病去世。刘贺的继任者，汉宣帝刘询终于得以在霍光去世后真正掌握朝政大权，而这时他已经当了四年的皇帝。

霍光去世后，汉宣帝亲临吊丧，以帝王规格厚葬霍光于茂陵，赐谥号为“宣成侯”。霍光死后，宣帝开始一步步削弱霍氏家族的力量，通过明升暗降、解职、调职、制度改革等措施，逐渐架空霍家集团的官员，将朝政、兵权逐步收归己有。并借清查许皇后被霍家谋害一案，将霍家逼上谋反的道路，最终名正言顺地一举歼灭了在朝廷盘踞了几十年的霍家势力。忍辱负重四载寒暑，汉宣帝终成大汉帝国真正的主宰者。

第 贰拾伍 回

闭门思过度春秋　心念列祖悲上疏

霍光死后，宣帝刘询不再有“芒刺在背”的感觉。背上的那根“利刺”终于消失了，刘询感到一身舒坦。在剿灭霍氏家族后，刘询感到像是搬掉了压在自己心头的一座山。他把关注的目光投向了那些对他帝位有潜在威胁的人，那位当年被霍光经常用来敲打自己的前皇帝刘贺，便是其中之一。刘贺虽说是被遣回了昌邑旧地，又没有了昌邑王的封号，不过是区区一介平民。但是那里毕竟是他父子俩经营了几十年的地方，谁知道他背地里会不会有谋反之念、谋逆之举呢？当年燕王刘旦不是也曾经勾结朝中大臣，两次企图谋反吗？虽然从自己安插在刘贺身边的亲信这些年报告上来的情况看，这个前皇帝刘贺已经没有了觊觎帝位之心，据说经过短暂的狂放宣泄之后，沉迷于书籍之中，已经是个十足的书呆子了。但是，自己还是难以对这个当过前皇帝的皇叔彻底放心。

刘贺知道霍光死去的消息时，对这个自己日思夜盼了好多年的消息，心里头竟然没有一丝一毫的兴奋。自从被霍光从帝位上拉下来，刘贺天天都盼着霍光早死。每每想起自己被霍光操纵不能自主的坎坷命运，刘贺心里头对霍光就恨得牙根发痒，千万次在心里诅咒，恨不得生食其肉。可是，当得知霍光真的死了的时候，刘贺心里头感觉到的竟然是有几分失落，对霍光竟然一点儿都恨不起来了。刘贺甚至隐隐地对霍光的死还感到有几分惋惜。

平心而论，刘贺对霍光的执政能力和政治手腕还是很佩服的。霍光让自己经历了从王到帝的惊喜，又历经了从皇帝到庶民的噩梦。作为大汉曾经的天子，自己的命运竟然完全被掌握在霍光的手里，一点儿都不能自主。霍光控制皇帝就像玩弄一个道具一样，从这一点来说，自己对霍光应当恨。不光是自己恨霍光，相信同样被霍光控制过的孝昭帝刘弗陵和宣帝刘询也会这样。但是，霍光主持朝政的几十年间，无论是辅佐昭帝刘弗陵，还是辅佐后来的宣帝刘询，他夙兴夜寐，一力担当，对大汉江山还是很有功劳的。即使霍光把自己从皇帝废为庶民，他也是举着维护汉室江山社稷的大旗，加上当年自己在帝位上确实也有些事处理得不够妥当，让霍光抓住了把柄，霍光找借口废掉自己的帝位，也并不是完全没有理由。

尤其是自己被废为庶民后，霍光对待自己这个前皇帝也还是和其他庶民有所区别的，赐给了自己两千户汤沐邑，尽管没有像当年昌邑王时那样风光，但比起一般的庶民强多了。不仅原昌邑王府衣食无忧，甚至还可以接济那些在长安被杀的昌邑旧部的家属。自己除了没有相应的政治权力，生活待遇已像诸侯一样足够优厚。作为大汉朝的四朝元老、孝武皇帝的托孤重臣，霍光这几十年主持朝政的作为也算是对得起武帝的嘱托了。如果换了其他人，国家肯定没有现在这样欣欣向荣的局面。想到这里，刘贺心里头对霍光只有敬佩没有了恨。他甚至暗自担心，霍光死后，汉室江山会不会受到影响。

霍光死了，刘贺感到套在自己脖子上的那根绞索终于可以松动了，但是埋在心底的另一种更深的隐忧却越来越重。他知道，宣帝刘询其实对自己从没放心过，这几年上门来探视的那些人，既有霍光派来的，也有奉宣帝旨意而来的。自己虽然已是庶民，但是前皇帝的身份肯定会让当今的皇帝心有所忌。虽然被逐出长安后自己早就已心灰意冷，无意朝堂之事。但是当今皇帝如果对自己有所猜忌的话，怕是离大祸临头的日子可就不远了。

刘贺又想，当今皇上论辈分还是自己的侄子，自己是皇叔，大家还是一家人哪。皇上在霍光的影子下执政这几年，不过也是个摆设，心里头一定也是很不舒坦的。说不定，他对自己的遭遇会感同身受，念在同宗的叔侄之情，重新封赏自己也未可知，那样自己就可以像过去一样去宗庙向列祖列宗行朝聘之礼了。

刘贺对行宗庙之礼最为看重，他认为作为皇室，不能去宗庙献祭，这比杀了自己的惩罚还要重。只是，必须让皇上知道自己对皇位已经毫无觊觎之心，只有彻底消除皇上的疑虑，才可能有朝一日再去宗庙给列祖列宗献祭。但是，怎么样才能让皇上知晓自己的心思呢？

刘贺思考了很长时间，决定给宣帝刘询写封信，表明自己的心迹。刘贺在信中言辞恳切地说道：

“罪臣刘贺昧死跪言：臣刘贺生性愚钝，没有才能，未能够继承先祖皇帝的大业，也不能顺应天下百姓的民心。身负不肖的罪过，即使万死也无辩驳的念想。陛下仁慈，对臣下的罪过已赦免，还赐予贺几千户汤沐邑。贺作为一介庶民，也时常想念陛下的恩德，并常常自省以悔过自新。数年来，节俭克己，从不懈怠，攒下了些许金财。如今，愿将这些金财呈给陛下，进贡给宗庙，以表示自己的心意和听从陛下教诲的感恩。”

刘贺这封信言辞凿凿，字字恳切。信虽不长，但情真意切，让人动容。可是，宣帝刘询对刘贺在信中提到的希望有朝一日能够让他去宗庙行祭献之礼的请求，还是感到有点意外。刘贺真的像在信中所说的那样已经彻底悔过自新了吗？看信中所言，这个当过前皇帝的皇叔确实是够可怜的。从暗线报给自己的情况看，刘贺信里所写的内容是可信的。如果刘贺已经悔过自新，对帝位构不成威胁，看在他毕竟是自己的皇叔的分儿上，可以考虑给予相应的安排。再说霍光死后，朝政大权已全部在自己手里，刘贺即使有什么想法，他也没有办法。但是，对刘贺还要再看一看，试一试，要派一个能够理解得了自己心思的人去山阳郡任太守。

让谁去呢？挑来选去，宣帝刘询选中了刘贺当皇帝时曾经劝谏过刘贺的张敞去山阳当太守。

公元前 67 年 5 月，张敞来到了山阳，走马上任。张敞是个很有能力的官员，为官清廉，勇敢正直，曾经多次上书言事，在刘贺当皇帝的期间，张敞担任的是掌管皇帝车马的太仆一职，与刘贺比较亲近，也曾经劝谏过刘贺。在霍光把持朝政期间，张敞还因为刚正不阿而得罪过霍光，受到排斥，仕途一直不顺，直至霍光去世。

此次被宣帝重新起用任山阳太守，张敞心想，宣帝明明知道自己在刘贺为帝时，因为掌管皇帝出行的车马，和刘贺有着比较亲近的关系，为什么偏偏就让自己去山阳任职呢？张敞觉得自己对刘贺并没有什么恶感，甚至还有几分亲近感。在他看来，刘贺对待下人比较亲和，是个心地善良之人，这在王侯中是比较难得的。自己当时就任太仆时，刘贺对自己也很好，没有一点儿皇帝的架子，一高兴起来赏赐也给了不少。刘贺只是执政经验不足，处事过于任性罢了。如果不是遇到霍光这样强势的权臣，刘贺说不定现在皇帝当得好好的呢。

张敞知道，宣帝让他来当这个太守，难道真的是为了监视前皇帝刘贺吗？张敞相信宣帝这么些年对刘贺的监视肯定一刻都没有放松过，刘贺如果有觊觎帝位之心，肯定逃不过宣帝的耳目，哪里还会让他活到现在？而宣帝明明知道自己和刘贺有私谊，还宣召自己任山阳太守，莫不是想念在和刘贺的叔侄之情的分儿上，让自己在监视刘贺的同时，将刘贺的情况适时奏报，还想重新封赏刘贺，看起来刘贺的出头之日到了。

第 贰拾陆 回

瞒张敞韬光养晦　迁海昏刘贺封侯

张敞赴任山阳太守，一路上终于想通了皇帝派自己来的真实用意。一想通这个关节，张敞觉得脑中灵光一闪，心头豁然开朗。张敞知道，刘贺不仅是前皇帝，也是当朝皇帝的皇叔。只要刘贺不生觊觎之心，为彰显皇上的仁圣，对这个眼下是庶民身份的皇叔，宣帝极有可能会以仁待之，给予封赏。

善解上意的张敞不敢有丝毫怠慢。尽管猜测到了皇上的意图，但作为山阳太守，监视刘贺这件事是绝对不能马虎的，面上的事该怎么做还得怎么做才行。不然，给宣帝的报告不好交代。

据刘贺府上的线报，刘贺回昌邑后，在短暂宣泄后很快就归于沉寂，整日里手捧圣贤典籍，俨然成了一个书呆子。早就不像当年那个任性的昌邑王了。

得知张敞到山阳任太守后，刘贺心想，宣帝派这个以刚直著称的能吏来到山阳当太守，这是要加强对自己的监视啊。看来，宣帝并没有因为自己给他写信而放下对自己的疑忌，反倒是更加在意他这个前皇帝了。若是让宣帝以为自己仍有觊觎帝位之心，那怕是立马要招来大祸了。刘贺没有想到，他向宣帝写出的那封信，其实已经在宣帝心里嵌入了一个楔子，宣帝只是在等待合适的机会而已。

对于张敞，刘贺是了解的。当初自己当皇帝的时候，张敞是自己的太仆，可以说是身边的近臣。那个时候，张敞就是少数几个敢于劝谏自己的大臣之一。刘贺还依稀记得张敞当年劝谏自己应该与朝中大臣多多亲近，而不应该先封赏自己带去的昌邑旧臣。张敞在劝谏自己的时候，据理力争，对自己这个皇帝没有表现出丝毫的惧怕。这个张敞刚正不阿，颇有胆识，甚至敢顶撞霍光。面对张敞，自己的一言一行都必须更加小心在意。刘贺决定深居简出，就连奴婢也禁止他们随意出入王府，以防招惹是非。

这一日，刘贺正在府内读书，有奴仆前来告知，说太守张敞前来拜访。刘贺一听，心想张敞这是借拜访之名，亲自打探虚实来了。刘贺略使眼色，阖府上下人等立马悄无声息地四散开来。

张敞进了原昌邑王府，只见一片萧瑟之气，庭院中的植物仿佛有多日未曾得到修剪，落叶满地。几个无精打采的奴婢在府内走动，却不见他们对话。

在庭院中，张敞站了一会儿，只见一位身材比较高大的男子手里拿着竹简，脚步有点蹒跚地走上前来拜见，正是刘贺。

张敞细细端详，这位曾经的皇帝已和过去大不一样了。他过去在帝位上的骄纵神色已经不再有，手里的竹简竟也是反着拿的。张敞先前已经从刘贺手下的家奴那儿打探出来了消息，脚步蹒跚的刘贺是得了风湿病。

寒暄了几句，张敞问道：“您在这里还好吗？如果有什么需要我帮助的，可以直接告诉我。”

刘贺没有马上接过张敞的话，他望着院中的一棵枯树，神情好像发呆一样半晌不语。良久，刘贺才缓过神来，有些迟疑地说道：“阁下好意，贺心中十分感激，可我思索再三，好像提不出什么需求啊。”张敞见刘贺的反应有些迟缓，暗暗感叹人生无常。从前那个张狂的皇帝，那个对自己的谏言不屑一顾的皇帝，如今竟然变成了这副木讷的模样。

几个奴仆早已在庭院中摆下酒宴。刘贺引着张敞坐下。酒过三巡，只听见树上传来几声凄厉的猫头鹰的叫声。张敞暗想，猫头鹰这种鸟素有恶名，传言说会啄食自己的母亲，民间常常把猫头鹰的叫声视为是不祥之兆。张敞决意借猫头鹰再试探一番，看看刘贺的心境。

张敞感叹道：“不想府上竟然有如此多的枭鸟，此为不祥之鸟。为什么不将它们逐出府上呢？”刘贺张皇地应了一声，面无表情地继续回答道：“是有很多猫头鹰。从前我西行去长安的时候，根本就没有猫头鹰，回来后不知怎么回事就经常听到猫头鹰的叫声。别人也说府上有猫头鹰是不吉利的，但是我也懒得去理会。”刘贺说起这猫头鹰就像是说其他人府上一样，心里头竟然没有丝毫不安的感觉。酒宴中，刘贺的家人陆续前来拜见。刘贺也一一为张敞介绍，张敞默默地用心记下。他见刘贺谈吐之间，语调单一反应木讷，也无多少感情起伏；说话既不忌讳，也不防备，好像丝毫没有什么心机。

张敞心中有点疑惑，前些天还有人报告说刘贺整天诵读圣贤之书，按道理来讲，他不应该是这种木讷的反应才对啊！张敞心中一动，莫非这个当年任性无比的刘贺，经过人生的剧烈跌宕后，竟然也学会了伪装，将真实的自己伪装起来。张敞心里对刘贺不禁暗暗称奇。

酒席结束，张敞决定告辞。此时已是黄昏时刻。只见刘贺惶恐地站立在夕阳照射的庭院中送客，刘贺本来比较高大的身躯现在已经明显萎缩，在黄昏中更显得瘦小了许多。张敞看着故主，一时觉得他既可怜又可悲，有许多话想说却不知该如何开口。他知道，自己虽和刘贺非亲非故，只是曾经为人臣子，现在看到刘贺表现出这副落寞凄凉的模样，心里头多少有些不忍。他朝刘贺揖揖手，赶紧离去。

又过了几年，公元前64年，此时离刘贺被废为庶民已有十年了，汉宣帝派使者给依然是山阳太守的张敞玺书，说："诏令山阳太守，要谨慎防备盗贼，注意往来过客，不要泄露这条诏令！"这诏令，粗看不明所以，实际上的意思却是要张敞详细地汇报刘贺的情况。

于是，张敞根据平日里刘贺府上人的线报，和自己多次派人探访的结果，向宣帝刘询分条禀奏了刘贺平日的行为，说明刘贺被废之后的情况，特别是落寞凄凉的状态。张敞把自己所看到的、听到的刘贺生活起居一切情况，写成奏折，详细禀奏。

最后张敞说，据臣下观察，这个过去的昌邑王早已不是当年那个轻狂任性的人了，反而有些癫痴、愚笨。他有十六个妻妾，二十二个儿女，其中，十一个是儿子，十一个是女儿。他过去的老仆、下人患病了，他竟然说让他们早点儿死了算了。可见，刘贺也早已将孔孟之道弃之脑后，没有了仁爱之心，不再仁义。

汉宣帝认真看了张敞的奏报，再结合其他暗报，认为刘贺在经历被废黜、被削去王号之后，已经一蹶不振，不足为患了。宣帝又联想到当年自己的岳父许广汉在昌邑国为官时，昌邑哀王对他有恩惠。宣帝思前想后，最后心中判定：若是刘贺再无逆反之心，则可以善待；若是有叛逆之意，则应该剪除其根基。最后，宣帝决定还是留着刘贺的性命为好，免得自己落下恶名，甚至可以给他一个合适的爵位，这样还能表现出自己的仁德。但是，考虑到刘贺作为昌邑王，从前在昌邑国经营多年，颇有根基，为防止他觊觎帝位，得将他迁徙到人生地不熟的偏远地区比较稳妥。

民间有歌谣：山阳郡，山阳郡，山之阳，运势强。难怪刘贺被废黜后竟然能够十年过得好好的。宣帝觉得不宜再让他待在那里，得把他迁到一个潮湿之地，以冲抵他的运势。宣帝找来侍中、卫尉金安询问，并说出自己的意思。

金安说道："最南边蛮荒之地的豫章郡，内有彭蠡泽，水势险恶，常常发生水患。彭蠡泽畔有个海昏县，寓意水之西，正好与山之阳相对。不如就把这位过去的昌邑王封为海昏侯，让他到那个地方去，折抵他的运势。”这个金安可以说是深刻领会了宣帝的心思，当年的豫章海昏是“江南卑湿之地，丈夫早夭”，金安建议宣帝将刘贺迁徙到海昏去封侯，这不是要了刘贺的命吗？

汉宣帝点点头，轻轻说了一句：“很好！”可是，他又沉思片刻，好像自言自语地说：“如果封了海昏侯，他不就可以入长安朝拜祖庙了吗？”

第 贰拾柒 回

废帝时来再封侯　豫章海昏展新颜

刘贺终于通过了汉宣帝刘询的考察，皇帝想封赏他，可是又不想让他进京参拜祖庙。侍中、卫尉金安立刻领会汉宣帝的心思，他赶紧上疏禀奏：“原昌邑王是大行不义之道的废帝，是被上天抛弃的人，本应该为庶民。现在陛下至仁，竟然将他封为列侯。但原昌邑王是个愚顽废弃之人，封侯之后恐怕也不宜奉行宗庙及入朝行朝见天子之礼。”

这个意见深合汉宣帝的心意，立即下诏准奏。

汉宣帝元康三年三月也就是公元前 63 年 3 月，宣帝下诏：“曾闻舜弟象有罪，舜为帝后封他于有鼻之国。骨肉之亲明而不绝，现封故昌邑王刘贺为海昏侯，食邑四千户。”舜弟象是怎么回事呀？象是帝舜的异母弟，姬姓。传说，象在其母怂恿下，曾多次谋害舜，皆未得逞。其后，象被舜所感化。舜即位后，封象为有鼻国国君。汉宣帝说都是骨肉至亲，不能太绝情了，要像舜帝对待他兄弟象那样来对待刘贺。所以才封刘贺为海昏侯，食邑四千户。

刘贺就这么着被封为海昏侯，封地位于当时远离京城的豫章郡内，即今天的江西南昌。

已经做了十年庶民的刘贺被汉宣帝封为海昏侯，封地位于当时远离京城的豫章郡内。关于“海昏”的意思，历史资料尚无解释。从文字学的角度理解，海除了大洋靠近陆地的部分，有的大湖也叫海，如青海；北方和高原地区也常把湖称为海。例如，北京的北海、中南海、后海，云南的洱海，等等。至于“昏”字，在甲骨文中写着：一个侧立着的伸出一只手的人，手下面是一个太阳，本义是黄昏。古人依据太阳的升起和落下来辨别东西方向。“东”字的字形是太阳刚刚升起到树干，因此表示“东方”。那么，太阳落到人的手下的“昏”也就自然而然地表示“西方”了。因此，把“海昏”翻译成现代汉语就是“湖西”，或者说“鄱阳湖的西面”。而豫章郡，为高祖五年（前 202 年）所立。汉高祖曾封名将英布为淮南王，置淮南国，领衡山、九江（包括后来的六安国）、庐江、豫章四郡。就是这个豫章。

公元前 65 年，新任的海昏侯刘贺带着大箱小箱的万贯家财，率家人仆从浩浩荡荡，过长江，沿着豫章江、彭蠡泽而上，千里迢迢来到了豫章。豫章江就是现在的赣江。彭蠡泽也称彭蠡湖，它是鄱阳湖古称。在这些浩浩荡荡的队伍中，有相当一部分是当年随他进长安后被霍光杀掉的那些昌邑旧部的家人。刘贺宣布，凡是愿意继续跟随自己的，可以随自己一起去海昏国，他绝对不会落下一个，绝大多数昌邑旧部的家人选择了跟随刘贺一起走。尽管刘贺对宣帝让自己离开生活了三十年的故国昌邑有些许惆怅，尤其是宣帝诏令自己在海昏侯任上不得进京行宗庙祭拜之礼，更是让他感到心里头百味杂陈。可是刘贺转念一想，宣帝封自己为海昏侯，虽然比不上昌邑王，但毕竟走出了第一步，有了这一步，才有可能走出第二步，相信一步会比一步走得好。

刘贺到达海昏国的时候正值春天。江南的春天与北方相比那是大不一样，风是柔和的，空气是清新的，太阳也很温暖。但见豫章古城，高大的城墙，周围长达十里，辟有六道城门。南有南门和松柏门，西有皋门和昌门，东北面为东门和北门。城内建筑虽不如中原地方繁华，但自有一番风味。让刘贺对这个所谓的南蛮之地不禁刮目相看。

豫章城西北部布满了大大小小的湖泊，其中的太湖就是现在的东湖，碧波浩渺，绵延十里。太湖旁边水田里的稻苗，像一片绿油油闪亮的海一样；弯弯曲曲的湖边，柳枝绽出了新芽；芦笋也冒出透青的绿叶，好一派江南秀美风光。湖泊边上还有不少朴实的村妇在洗衣淘米，欢声笑语，跟随粼粼波光荡漾着。刘贺深深地叹了口气，不禁感叹道：“如此良辰美景，岂可辜负？”

汉宣帝刘询赐予刘贺的海昏国都城紫金城，也足够巍峨雄壮。只见城内楼阁高耸，以阶基为依托，将一座座楼阁连成一片坚固的群楼，气势雄伟。层层楼阁两边结实的檐柱，宛如挺拔的巨兽，极其威严。楼顶处八角柱上高高耸立的斗拱，为这座迥异于江南建筑的都城平添了几分庄重。楼阁门窗雕刻考究，上有孔子圣迹图，孔子见老子、孔子授徒、孔子适陈等等，精致的画像，栩栩如生，美轮美奂。

海昏侯刘贺到任之后，见紫金都城巍峨壮丽，封地风情古朴优美，村民热情淳朴，不禁欣喜异常，于是决定大宴宾客。刘贺从昌邑带来的乐师奏起了韶乐，舞女们跳起了华美的宫廷舞。豫章郡臣民第一次见识到华丽的中原舞蹈，不禁大开眼界，竟相模仿。自此，中原的宫廷舞开始传入豫章。

刘贺在海昏侯国安定下来后，他要做的第一件事就是为自己寻找一块风水宝地，用来给自己修筑墓地。本来刘贺早已在昌邑国花巨资人工开凿了一处绝佳大墓地。墓地选在泰山的余脉金山，刚好与父亲的墓地相对而立。当初满以为会终老昌邑，不料后面的命运来了个大逆转。从昌邑王到帝，又被废至庶民，再到封侯海昏。反正昌邑是不可能回去了。这辈子应该就是在这里安度了，还是赶紧寻觅一块风水宝地要紧。

经过一段时间的考察和研究，刘贺最后决定把墓址选在彭蠡泽（鄱阳湖）西边，背靠飞鸿山（后称梅岭）。这个地方依山傍水，可谓是洞天福地。

刘贺亲自参与墓园的构造设计。他设计的整个墓园区占地面积很大，主墓室全部用上等木料构成。原来全部用木料构成的地下墓室可以说代表了木构地宫（汉代）的最高形式。墓园的配套设施一应齐全，与刘贺实际生活中的祠堂、寝宫、便殿、厢房以及道路和排水系统一模一样，一个都不能少。

对于大墓内部的设计，刘贺将其分为堂和室，右侧为室，在东面，将来给自己在冥界居住；左边为堂，在西面，作为自己在冥界处理事务和宴请宾客的地方，同时用来摆放自己钟爱的宴饮器具、装饰器具等。他还设计了几个藏阁，待将来自己在冥界，存放金银宝贝和生前使用的各种重要器具，这些都要放进墓内。

刘贺对整座墓园以及地下墓室的设计相当讲究。他用了将近四年的时间，才将墓地建成。

初到豫章，刘贺经常骑着心爱的宝马飞驰于山川田野之中，沐浴着江南独特的春风暖意，心旷神怡之余还会观赏村民的劳作，走进村庄看看男耕女织的百姓日常。他发现了一个非常严重的问题。这里的村民虽勤于耕作，但是常常还会有人食不果腹，尤其是到了冬季，常常饥寒交迫。刘贺想起自己在昌邑国时，只要不是天灾人祸，一般情况下，百姓勤劳耕作，就都能解决温饱问题。这里地处江南，土地肥沃，水网密布，良好的自然条件使水稻成为主要的粮食作物。但是为什么还会出现食不果腹这种情况呢？

刘贺找来当地的里长、亭长等熟知当地百姓生活的基层官员询问。亭长叹气道："我们这里之前是荒蛮之地，无人问津，一直到高祖初年才建郡，有所规划。但是距离京城太远了，也没有人来教大家如何耕作，耕作工具都已经老化了。"刘贺这才明白，他心想，我既然作为海昏的一国之主，必须得想个什么办法让老百姓能富足起来。

第 贰拾捌 回

勤耕作安乐逍遥　兴儒学民风向上

看到百姓困苦，刘贺心急如焚，自己又不懂这些农业技术，甚至有些悔恨，自己当初在昌邑国没有好好处理政务，没有深入百姓生活，以致想帮忙但心有余而力不足。

刘贺有个叫芮有的近侍看到刘贺这几天都眉头紧锁，心事重重。他问刘贺为何如此。刘贺叹息一声："前几日我在城内转悠，发现百姓的粮食收入不济，有时候连田租和人头税都交不上。亭长说是因为耕种条件落后造成的。"近侍说道："侯爷，小的自 8 岁起就跟着父亲一起在田间干活，一直到 20 岁跟了您。如果您信任小的，小的愿意把曾经学到的耕种方式教给这里的百姓。"刘贺一听，太高兴了，急忙说："好啊！只要你能帮助百姓摆脱贫困，我会重重赏赐你。"

芮有赶紧找到当地的铁匠，按照自己的记忆指导铁匠造了一把犁。犁壁长宽均约40厘米左右，重达10公斤。芮有选择一户人家教导他们如何使用犁壁翻地、松土、开沟。当地百姓之前都是用锄头、铲子的，又慢，效率又低。很快地，犁壁就在当地推广开来。

刘贺看到芮有真的有这种能力，重重赏了他百斤黄金，并授意芮有继续改进当地的农耕条件。芮有特地回到老家山东学习了一段时间，回来时又把北方的“代田法”耕作方式引入豫章。这种代田法就是一亩地开三条沟，沟宽一尺，将种子直线地播在沟里，而不是播在垄上。在除草过程中，土逐渐从垄上填进沟里，培护苗根，这样，在仲夏时，垄和沟相平，作物扎根深，可抗风旱。次年，垄和沟的位置再倒换过来。新方法的名称就是这么来的。与这种改进的耕作法同时出现的是一种有双犁头的犁，它需要用两头牛来拉，三个人带领。由于耕作技术的改良，据说亩产大约可以增加20公升，如果管理得好，还能加倍。有了犁壁这些工具，“代田法”推广起来就更加容易了。果然，一年后，当地就获得了大丰收。这种先进的耕作方式极大地促进了当地的农业生产，使豫章成为汉代富庶之地。

豫章这里还有浩渺的淡水湖——彭蠡泽，河港纵横，丘陵密布。刘贺常常在彭蠡泽划舟而行，波光粼粼的水面上，不时有鱼腾空跃起，引得鸟儿们一阵追逐。每到迁徙季节，成百只白鹳或漫步在水边的草地与沼泽地上，步履轻盈矫健，或盘旋上空，潇洒雀跃。他突然灵机一动，彭蠡泽岂不是捕鱼狩猎的最佳场所？如果鼓励百姓发展捕鱼狩猎这些副业，那百姓不是又增加了一项收入吗？于是，他下令在他封地所属的大山、湖泊里，百姓可以采伐、捕鱼。慢慢地，这里人民的生活水平渐渐提高，安居乐业。相应地，刘贺的封国也逐渐富庶起来，一派生机盎然的景象。

此时的刘贺，或许是经历过翻天覆地的人生剧变，早已看淡了人生。或许是过去所受的教育与丰富的阅历，又使得他对生活有了另一番况味。总之，刘贺已经从过去对权力的恋栈中走了出来。闲暇之余，刘贺常常登上飞鸿山，一览众山小，顿时有胸襟开阔的感觉。不过刘贺更多的时间还是用于读书、作诗，听乐府乐队演奏。他反复研读《诗》《书》《礼》《易》《春秋》。少年时候读起来不求甚解的这些典籍，现在他每读一次，就有不一样的体会。有所体会，他就会随手记下来，以至于书刀（古称削，指在竹木简上刻字或削改的刀。）成了他离不开的随身之物。

逐渐地，现有的经书典籍已经不能满足刘贺的阅读需求了。他想起爷爷武帝曾下令在全国搜寻遗书，就是前人的遗著、遗作以及藏书。当时，由于秦朝的“焚书坑儒”以及“挟（藏）书者族”法令的实施，古老悠久的中华文化面临着中断的危险。面对这一形势，汉初在民间开始搜求遗书，到汉武帝时期达到高潮，并形成了制度。《古文尚书》《礼记》《论语》《孝经》就是从孔府墙壁中搜得的。

刘贺决定也效仿孝武帝到豫章郡各地搜寻遗书，下令“献书者，重赏”。一时间，豫章郡内上下民众，包括流窜于市井小巷里的贼子，都到处寻摸遗书。以至于一时间豫章郡内的烧杀盗抢案都少了很多，却兴起了识字读书的风潮。

刘贺确实收集到了不少诸子经书、民间乐府和黄帝内经，比如，《诗》《春秋》多家，《乐记》多篇，《伊尹》多部。刘贺特地建了一个藏书阁，用以收藏这些搜寻到的典籍，闲暇时就认真研读。

有一回，当地的县令来拜访刘贺，看到刘贺正在藏书阁里整理典籍，便对刘贺说："侯爷是不是很崇拜圣人孔子？"刘贺点头称是。

县令继续说道："那侯爷可知圣人七十二门徒中的澹台灭明？"刘贺高兴地回答："当然，澹台灭明虽然长相丑陋，不受孔圣人喜爱。但是他勤奋修行，积极传播儒家之道。是我很崇敬的夫子。"

听到这里，县令微笑道："侯爷有福了。澹台灭明曾经在我们豫章游学过，仙逝后，还葬在了此地。"刘贺赶紧从座位上起身，问县令："在哪里，在哪里？快带我去！"

县令立即带刘贺前往澹台灭明位于太湖边上的墓地（今南昌心远中学内），祭拜澹台灭明。

事后，刘贺感叹道："世人以为的蛮荒之地，没想到其实早有贤人光临过，如此看来，这里的儒学应该也不错！"

从此，刘贺开始关心起当地的儒学教育和儒学传播起来，不时出资为当地的学堂聘请优秀的儒学老师。

由于当时汉宣帝封刘贺为海昏侯的时候，有过诏令，不让他参与朝廷政事。如此一来，刘贺闲暇的时间自然就多了许多。闲暇之余，刘贺又迷上了青铜铸造和设计。

汉代时期，江西的青铜冶铸业较为发达。江西制作的铜器种类繁多，无论是传统的铜质生活用器、生产工具和兵器制作，还是当时流行的铜币铜镜，其制作工艺都极为精良。这引起了刘贺的兴趣。他本来就喜欢收藏各种稀奇宝贝，当昌邑王时，便收藏过不少商周青铜器，并千里迢迢地带到了豫章。他从豫章召集了一批优秀的青铜器制作工匠，将他们养在海昏城里，由他亲自设计，精心制作了许多精美的青铜用具，如灯具、酒器、餐具、乐器，还为他的爱马，特制了一套鎏金马具。

刘贺在彭蠡泽湖边见到成群的大雁从北方飞来，心里无比思念自己从小长大的昌邑国。正当刘贺遐思悠悠的时候，只听见浅滩中一声响亮，定睛一看，原来是一只大雁衔起来一条鲤鱼。鲤鱼用力挣扎，大雁却死死地衔住不放。刘贺回到侯府，忽有所感，感到这个在雁嘴里挣扎的鲤鱼极像自己现在的处境。刘贺立即把这个生动的景象设计成青铜灯具模样，让工匠精心制作了一对雁鱼灯具。这对雁鱼灯构思精巧，大雁张开的嘴对着点燃的火苗，燃起的烟雾顺着大雁脖子的管道直通雁腹，而雁腹做成了空心状储满了水，吸进的烟雾经过水的过滤再排放出来后，成了淡淡的雾，已经闻不到烟味，没有了什么污染。这对巧夺天工的雁鱼灯具成了刘贺的心爱之物，他把雁鱼灯摆在堂内，每天看着雁鱼灯烟进雾出，赏心悦目，十分喜欢。客人们见到后，也是啧啧称奇，艳羡不已。

按说刘贺安乐于此不是挺好吗？哪曾想刘贺又有一桩鸿天大愿，他要誓死完成。

第 贰拾玖 回

治海昏国泰民安　思先祖冒死上疏

海昏国刘贺封侯，远离京城安然自得。刘贺安心经营着他的小小侯国。他吟诗作赋，把玩珍宝，不仅过得逍遥自在，还把侯国治理得井井有条，百姓富足，安居乐业。

惬意之余，午夜梦回，刘贺常常被对故国的思念所惊醒。也可能是随着年龄的增长，思乡心切吧。点上雁鱼灯，刘贺时常想起远在齐鲁之地的故国昌邑。刘贺把自己海昏侯封邑的一个地方改名叫南昌邑，以示对故国的思念。据说，后来南昌城名便是得自这个南昌邑。

到了晚上，稻花飘香，夜深人静，刘贺想起自己二十七天皇帝的任性作为，情不自禁潸然泪下，痛悔不已。他悔恨自己年轻时的轻率张狂，悔恨自己没有学到儒家经典中教导的治国之道。如果那时候自己多听取龚遂、王吉这些谋臣的劝诫，像当今皇帝一样学会隐忍，自己又何至于落到今天的境地，虽然贵为列侯，但却连祭祀宗庙的资格都没有。再过一段时间又要祭祀太庙了，届时，皇帝斋宿，亲率群臣，承祠宗庙，各地王侯带着酎金供奉祖先，那是何等荣耀啊。

刘贺心想，自己到海昏一晃已经三年过去了，在这里安分守己，勤俭作为，把海昏国治理得国泰民安，朝廷好像对自己也没有什么异议。作为大汉刘氏的子孙，应该要为高祖皇帝，为爷爷孝武皇帝，尽一份自己的心意。想到此，刘贺突然心动起来，陛下总有一天会同意自己去祭拜宗庙的吧？

他等不及天亮，连夜找来府内的黄金冶炼师，让他们赶紧冶炼最高纯度的黄金，并亲自监工。不久，铸就了一批分量极足纯度极高的金饼、金块。他又亲自刻上“南海海昏侯臣贺酎金”，赶在朝廷举办祭祀太庙大礼之前，先写了封奏折呈给汉宣帝，表明自己想为宗庙供奉黄金之心：

南藩海昏侯臣贺昧死上奏：

臣听闻，南方有一种鸟，一到春天便去北方，而天气一变冷，就南归在彭蠡泽定居。它们如此这样，不知道有多少年，直至世间恰有明君，方才因为眷恋明主的恩慈，不肯来南方过冬。

臣贺又听闻，南方有一种鱼，生长在江中的上游，出生以后便离开出生地，顺流而下，直至大海。待到在海里长大后，它们又会溯流而上，不惜行万里，也要返回出生处，在那儿繁衍生子，生生不息。

臣贺知道，当今皇上圣明，扫荡西戎，驱逐北狄；任用贤士，教化万民。百姓们纷纷说，他比少康、姬涌都要圣明。以至于如今彭蠡泽这儿，已有许多年没有见到那种鸟儿，而人们也和那种鸟儿一样，希望去往北方，去沐浴明君的恩泽。

臣贺身体渐渐越来越差，恐怕时日无多。只希望有两件事情，能得到皇上的恩准。一是臣下想像那些北去的鸟儿一样，去拜见皇上；二是想像江中那些鱼儿一样，回到自己出生的地方，追忆先辈皇帝的威武。臣心怀诚惶诚恐之情，望当今圣明的皇上恩准臣下这小小的愿望。臣将感激涕零。

刘贺奏折写得情真意切，字字悲泪。

他哪想到汉宣帝并没有真的对偏安一隅的海昏侯刘贺完全放下戒心，其实一直暗中派官员监督他，注意他的一举一动。汉宣帝收到刘贺的奏折时心中怒恼，却不露声色。他暗自思忖，刘贺在昌邑旧地时就想着要恢复皇族的政治权力，自己没有同意，而是把他迁徙到遥远的海昏，并且命令不得入朝。没想到刘贺竟然还没死心。刘贺写这份奏章，表面上是要进献酎金，行宗庙之礼，文字后面没有说出来的意思不是要自己恢复的他的政治权力吗？刘贺啊刘贺，你怎么就这样不让人省点儿心呢！不行，我得派人再去试你一试，看看你到底有何居心。

不久，扬州柯刺史正好向汉宣帝奏报扬州的民情。汉宣帝遂给柯刺史下了一道密旨，让他去一趟海昏国，面见一下他在豫章郡内安排监视刘贺的密探，豫章故太守的卒史孙万世，了解一下海昏侯刘贺的真实动向。

在刘贺到海昏侯国的第三年，即公元前 61 年，扬州柯刺史来到了豫章郡，向孙万世传达了汉宣帝的密旨。

孙万世不禁对柯刺史大吐苦水："大人有所不知，不是下官办事不力。下官曾多次去见海昏侯，还与他交上了朋友，也曾多次派人监视海昏侯的生活起居，然而，海昏侯每天大部分时间都在读书和奏乐上，下官在他身上并没有发现什么不轨的行为啊！"

老谋深算的柯刺史把眼一眯，摇了摇头，说："孙大人，您还是没有领会到陛下的真正意思。既然陛下让我们找海昏侯不轨的证据，我们就得遵循陛下的旨意，找不到也得找到。"

孙万世恍然大悟道："哦！大人的意思下官明白了！还是大人高明啊！"

说完，两人相视哈哈大笑。

第二天，孙万世带着柯刺史刚从朝廷领赐的冬虫夏草赶往海昏侯府，拜会刘贺。这时候的刘贺特别重视养生，他远离京城多年，如何能见到这等贵重物品，不禁欣喜万分。孙万世趁机提出想好好参观海昏侯国的都城。刘贺欣然应允，亲自陪同孙万世参观。一路上，孙万世故意对热闹富足的海昏城赞叹不已，刘贺不禁也得意起来。他心中那股侠义之气又涌了出来，他还真把孙万世当成了好朋友。

晚上，刘贺特地为孙万世举办了火锅盛宴，还把他亲自酿的美酒拿出来招待。孙万世长期生活在南方，没有见过青铜火锅，他惊讶不已，对刘贺又是鞠躬又是敬酒又是奉承。等到刘贺酒酣之时，孙万世装着很不解的样子问刘贺："侯爷，海昏国被您治理得如此繁荣富足，可见您是有治国之才的。为什么当初被废时，不反抗呢？您完全可以坚守着不出宫，下令斩了大将军霍光。却为何听凭别人夺去天子玺印与绶带呢？"

酒兴正高的刘贺随口说道："唉，往事不堪回首，错过了机会。"

孙万世借机又恭维道："侯爷不必难过，您在豫章封侯，把侯国治理得如此之好，将来必定能东山再起，迟早会恢复你的王位。将来可能还有更大的发展。"

听到此，刘贺一惊，酒也醒了一半，低声说道："话虽如此，大人这话可不要对外张扬啊！"

孙万世表面上哈哈笑着说："侯爷放心，那是自然的！"其实内心得意不已，暗想道，终于露出狐狸尾巴了，还是柯刺史的计划高明。

孙万世回去就向柯刺史报告，柯刺史立即把孙万世与刘贺的对话写上奏折，向宣帝奏报。宣帝密令尚书令立即彻查此事，果然属实。很多大臣建议逮捕海昏侯，将他打入大牢，否则会后患无穷。宣帝思考再三，最后下诏削去海昏侯三千户食邑，以示惩戒。

刘贺还在家里一团火似的等待宣帝允许自己进京城，向列祖列宗进献酎金呢。哪知道，突然接到宣帝削掉自己三千食邑，不得进京的诏令。刘贺听完诏令，大叫一声，一张嘴，一口热血就喷在了堂前。

刘贺怎么也想不通宣帝为何要惩戒自己。还是同情他的当地县令偷偷告诉他，是孙万世出卖了他。刘贺不禁痛心疾首：“我如此诚心待他，他竟然置我于死地。人心怎能如此险恶！”见刘贺吐血了，可把众人吓坏了，赶紧围过来，他推开众人，奔向马厩，跨上他心爱的枣红马，向外冲去。骏马嘶鸣，一声长啸，它似乎明白主人的冤屈，驮着刘贺向着豫章江狂奔而去。

第 叁拾 回

悲摧天子抑郁亡　后人凭吊几悲凉

刘贺上疏请求入宗庙献祭再次被拒，并且还蒙受不白之冤，太压抑了。他跃马狂奔！此时的豫章江，江水凶猛咆哮，就像两军交战，咆哮翻腾，天昏地暗……

“啊——”刘贺跑到豫章江与彭蠡泽交汇处的河口，一声撕心裂胆的狂吼盖住了滔滔的江水……

遭此变故，刘贺一蹶不振。每每抑郁到不行的时候，他就到豫章江的水口，对着浩浩荡荡的江水大声狂吼，宣泄着自己满腹的委屈和愤慨。江水像是在回应着他，一泻千里，像一条披着金鳞的巨龙也在激烈地翻滚着，呼啸着，震耳欲聋。

偶有过往的村民，望着刘贺寂寥落寞的背影，对刘贺同情不已。后来，这段豫章江宽阔的河口因此便被称作“慨口”。

公元前 59 年，也就是汉宣帝神爵三年，海昏侯刘贺，这位在位仅仅二十七天的汉废帝，在海昏侯的任上郁郁而终，年仅34岁。

汉宣帝接到刘贺去世的消息，暗暗松了一口气。他想着要不干脆取消海昏侯封国算了，可是第一代海昏侯刘贺并没有犯大错，没有削国的理由。宣帝只得根据规制，准备封刘贺的儿子刘充国为海昏侯。可是请求册封刘充国为海昏侯的奏书还没有送到京城，刘充国却突然离奇死亡了。汉宣帝又接着准备册封刘贺另一个儿子刘奉亲为海昏侯，这次请求册封的奏书倒是送到了汉宣帝手里了，可是汉宣帝还来不及准奏，刘奉亲却又暴毙而亡。于是，豫章廖太守奏报宣帝，圣上对待海昏侯一脉已是宽容有度，无奈海昏侯之后无福消受，实在是海昏国不吉利，天亡其后。汉宣帝因此下诏不再封海昏侯，刘贺的后族从此成为庶民。

直到汉元帝登基，大赦天下，才再度封刘贺的另一个儿子刘代宗为海昏釐（音同喜）侯。之后，海昏侯又传了四代，前后延续了一百多年。此后，海昏国就突然在历史的烟雾中消失得无影无踪，至今尚未找到其后代的记载。

第一代海昏侯刘贺之死，也给后世留下了待解之谜。从海昏侯刘贺墓中极为丰富的葬品来看，可以想见墓主刘贺生前过着何等优渥富足的生活。然而他死时才 34 岁，正当人生的壮年。虽然史料中尚未找到任何记录刘贺非自然死亡的证据，但他确实死得蹊跷。刘贺究竟是怎么死的？是如史书记载的郁郁而终，还是被赐死或是自杀身亡？抑或是因为染上了湖区常见的血吸虫病不治而亡？而刘贺死后，他的两个准备接任海昏侯的儿子却先后离奇地突然死亡，也给后人们留下了无尽的猜想。

纵观海昏侯刘贺的悲摧传奇一生。也给后人留下无尽的思考和启迪：

一是有权不可任性

在封建社会，“普天之下，莫非王土；率土之滨，莫非王臣”。皇帝毫无疑问是国家的最高统治者。在这个几乎没有任何有效监督的最高权位上，不断地演绎着顺我者昌、逆我者亡的悲喜剧。

有权容易任性，特别是没有监督的权力就更容易任性。无论是当了二十七天皇帝就被废的刘贺，还是雄踞皇帝宝座五十四年才驾鹤西去的武帝刘彻，他们的共性都是作为最高权力的拥有者，有权就任性。可是一定要记住任性也得有任性的资本。

二是年轻不可任性

刘贺被拥立为帝时只有 19岁，正是愣头青的年龄。经验不足，任性妄为才造成身败名裂。如果要是能像汉宣帝刘询那样忍耐一时，则海阔天高!

三是把握好历史的机遇

刘贺自幼生长在王府，衣食无忧，使奴唤婢，他有很多老师教给他治国理政的道理，他没把握住，不学。后来被拥立为皇帝，他要是听得进忠臣谏言，把握好机遇，也许他会成为一代明君。他呢，仍然没把握住。

书说到这儿，咱们还得穿越回来。

现在刘贺墓的考古发现可给了当地一个宝贵机会。

据考古专家评价，南昌汉代海昏侯国遗址是我国迄今为止发现的文物保存最好、墓主及主墓内结构最完整、墓园区及城池区布局最清晰、出土文物品类数量最丰富的大遗址，对于研究我国汉代政治、经济、文化具有十分重要的学术、历史和艺术价值。

2015年12月，江西省和南昌市开始编制《紫金城城址与铁河古墓群保护规划》《南昌汉代海昏侯遗址公园保护规划》和《南昌汉代海昏侯国遗址博物馆建设规划》。提出要切实把这份人类文明历史宝贵财富保护好、展示好、利用好。将南昌汉代海昏侯国遗址保护利用作为重大重点文化旅游项目，列入“十三五”工作规划。

我们满怀信心地期待，在不远的将来，随着南昌海昏侯国考古遗址公园和南昌汉代海昏侯国遗址博物馆的建设与完成，随着“创全国旅游 5A 景区、国家考古遗址公园、世界文化遗产”目标的实施和完成，将是一张厚重的历史文化名片，这张名片对当地发展的价值不可估量。

这或许是刘贺这位两千多年前葬于此地的海昏侯，曾经的昌邑王、汉废帝，对两千多年来护佑这座大墓的这方人民的最好回报。

千古悲摧一残王，几多故事古墓藏。
后世仁人莫效仿，游历到此悟悲凉。